남산 랩소디

ModernBooks

남산 랩소디

발 행 | 2023년 07월 05일
저 자 | 김상진, 김현진, 나아, 송형진, 노아, 정종량, 차민
펴낸이 | 박강산
펴낸곳 | 모던북스
출판사등록 | 2022.10.27.(제2022-144호)
주 소 | 서울특별시 종로구 명륜 2길
연락처 | 010-4412-4309

ISBN | 979-11-983298-3-7

http://www.instagram.com/modernbooks_official

들어가며

<남산 랩소디>는 서울남산도서관에서 소설을 매개로 소통해 온 재능과 통찰력을 갖춘 7명의 작가들의 작품으로 이루어져 있습니다.

이 단편집에는 재개발, 폐기로 표현되는 소멸의 이미지를 기반으로 공동체에 대한 성찰을 유도하는 (「불금, 폐기파티」)가 있습니다. 새로운 출발을 앞두고 있는 화자의 일상을 담아낸 (「어디선가 나를 찾는 전화벨이 울리고」), 아파트 경비원의 트라우마를 통해 소외된 이들에 관한 이야기를 전개하고 있는 (「그날의 소리」), SF적 요소를 가미하여 우회적으로 현실 속 사회문제를 담아낸 (「어느 날 사라진 크리에이터 잘먹남」), 어느 군인의 이야기를 통해 사랑의 가치를 넌지시 건네고 있는 (「생명」), 화자를 극한의 상황으로 몰고가며 독자의 마음을 졸이게 만드는 (「서리」) 그리고 익살스러운 말투를 적극 활용하며 읽는 재미를 더하면서도 슬며시 가족애를 드러내는 (「귀향」)이 수록되어 있습니다.

※ 본 도서의 판매를 통해 발생하는 수익금은 전액 기부됩니다.

차 례

불금, 폐기파티

김상진

노인은 불과 함께 왔다.

재개발예정 지구에서 불이 나던 팔월의 첫째 금요일. 사이렌소리가 요란했다. 소방차의 빨간 불이 빙글거리며 내 편의점을 훑고 지나갈 때, 노인은 가게에 들어섰다. 그는 냉장 쇼 케이스에서 막걸리 한 병을 꺼내서 계산대 위에 올려놓으며 내게 물었다. 이 가게 주소가 어떻게 되나요? 내가 '염곡로 235'라고 알려주자, 노인은 그 주소 말고 옛날 주소를 알고 싶다고 했다. 나는 기억을 되살려 '금화동 683번지'라고 말해주었다. 노인은 고맙다는 말을 서너 번쯤 했다. 뭐가 고맙다는 건지 알 수가 없었다.

*

팔월 둘째 금요일. 섭이엄마가 소주 한 병을 계산대 위에 올려놓았다. 나는 바코드를 찍으며 그녀를 살폈다. 그렇게 생각해서 그런지, 그녀의 우울증세가 지난주보다 더 나빠 보였다. 섭이엄마의 뒤를 이어 손님 한명이 편의점에 들어왔다. 불이 나던 날 왔던 그 노인이었다. 마치 섭이엄마를 뒤따라온 듯했다. 그런데 노인의 행색이 말이 아니게 남루해져 있었다. 지난 주 금요일이었으니까 일주일 밖에 지나지 않았는데도 그의 모습은 거의 노숙자 수준이었다. 노인은 냉장 쇼 케이스에서 막걸리를 꺼내 왔다. 막걸리 값을 동전으로 계산하더니, 계산대 한쪽에 쌓여있는 식품들을 주의 깊게 살폈다. 폐기등록하려고 진열대에서 수거해 놓은 것이었다. 노인이 도시락 하나를 가리켰다.

"손님. 그 도시락은 파는 게 아니에요."

노인은 의아하다는 눈으로 나를 쳐다보았다.

"그거 유효기간이 지나서 팔지 못하거든요. 혹시 드시고 싶으면 그냥 드릴게요. 돈 안 받고요. 그런데 가져가지는 마시고 여기서 드셔야 해요."

노인은 흡족한 표정을 지으며 고개를 끄덕였다. 나는 편의점 앞 사각형탁자로 노인을 안내했다. 미리 자리를 잡고 앉은 섭이엄마에게 같이 앉도록 양해를 구했다.

편의점 주인인 나에게도 금요일은 봉급쟁이들과 마찬가지로 기다려지는 날이다. 다음날 토요일이면 모처럼 침대에서 아내와 잠자리를 할 수 있기 때문이다. 그래서 금요일 밤에는 폐기등록 된 식품을 안주 삼아 시원한 맥주 한 잔 마신다. 편의점 상품 중 삼각김밥과 도시락의 유효기간은 대개 사십이 시간으로 이틀이 채 되지 않는다. 만일 이틀 동안 팔리지 않고 남아있다면 가차 없이 폐기시켜야 한다. 그 식품은 표기된 유효기간만 살짝 지났을 뿐이지, 사실 먹어도 아무 탈 없는 식품이다.

사각형탁자 위에 폐기등록 된 먹거리를 펼쳐놓았다. 풍성했다. 플라스틱탁자에 편의점 주인인 나, 우울증을 앓고 있는 섭이엄마, 정체불명의 노인. 이들 세 사람이 둘러앉았다. 그리고 먹고 마시는 파티가 시작되었다. 파티라고 하기에는 너무 조용하고 분위기는 어색하기만 하다. 여느 파티와 달리 왁자지껄하지가 않다. 대화도 없고, 웃음소리도 들리지 않는다. 각자 마시는 술도 제각각이다. 노인은 막걸리를, 섭이엄마는 소주, 나는 맥주를 마신다. 서로에게 술을 권하는 일도 없다. 각자 알아서 잔이 비우면 스스로 채운다. 술을 따라 마시는 행위 외에는 아무런 움직임도 없다. 시선마저 고정되어 있다. 섭이엄마는 밤하늘을 바라보며 소주를 마셨고, 노인은 그런 그녀에게서 시선을 떼지 않았다. 나의 시선은 물론 손님이 드나드는 편의점 통유리 문이었다.

밤이 깊어 가면서 손님들 발길이 거의 끊겼다. 손님 때문에 가게를 들락날락 하는 일도 없어진 나는, 편의점 주인으로서 파티의 어색함을 깨야 한다는 일말의 책임감을 느꼈다. 그래서 노인에게 어디 사느냐고 어렵사리 말을 붙여 보았다. 노인은 아무 말 없이 턱을 약간 들어 재개발예정 지구를 가리켰다. 그곳에 아직 남아 있는 주민들이라면 대부분 아는 사람들이어서 가족이 누구냐고 물었다. 노인은 대답 대신 그저 멍한 눈으로 나를 바라보았다. 노인이 재개발예정 지구의 어느 폐가에서 혼자 지내고 있으리라 짐작했다. 노인에게 더 이상 말을 붙이지 않고, 섭이엄마의 시선을 따라 밤하늘을 올려다보았다. 깜깜한 밤하늘에 별 하나가 홀로 빛나고 있었다. 인공위성인가? 별인가? 궁금해 하고 있는데 섭이엄마 목소리가 들렸다.

"목성이에요. 저 별에 섭이아빠가 살고 있을 거 같아요. 성씨가 목씨거든요."

그녀가 나를 빤히 쳐다보며 정색을 하며 말했다.

"아무래도 그 새끼들이 고의로 교통사고를 낸 거 같아요."

"그럴 리가 있나요. 이미 경찰에서 고의가 아니라는 사실이 다 밝혀졌는데요."

"경찰도 한패일 거예요."

섭이아빠는 재개발 사업을 강력히 반대하는 사람이었다. 재개발조합 측과 첨예한 대립각을 세우고 있던 차에 두어 달 전 교통사고로 목숨을 잃었다. 섭이엄마는 남편의 죽음이 사고가 아니라고 아직도 믿고 있다. 그녀는 금요일 밤이면 내 가게를 찾는다. 소주한 병을 사서 편의점 앞 탁자에 앉아 혼자 마신다. 남편을 처음 만난 곳이 편의점 앞 탁자이고 또 금요일이었다고 했다. 남편을 그리워하며 그녀 방식의 불금을 즐기는 것 같았다. 그녀의 집은 차도에서 재개발예정 지구 2구역으로 접어드는 골목길 왼편 두 번째 집이다. 내 가게에서 보면 녹슬고 찌그러진 철제 대문과 기와지붕이

고스란히 보이는 집이다. 그 집에서 중학교 2학년짜리 아들과 단둘이 살고 있다. 이름은 진섭이지만 다들 섭이라고 부른다.

편의점 앞에는 왕복 사차선 도로가 지나고 있다. 도로를 사이에 두고 새로 조성된 아파트 단지와 재개발예정 지구가 동과 서로 나뉘어 있다. 서쪽의 재개발예정 지구는 5구역으로 나뉘어 있다. 나머지구역은 철거공사가 시작되었지만, 2구역은 아직 합의가 이루어지지 않아 철거가 지연되고 있는 상태이다. 이 구역은 유독 오래된 주택들로 다닥다닥하다. 다닥다닥한 만큼 재개발과 관련된 갈등이 끊이지 않고 있다. 그래서 지난 주 금요일의 화재 원인을 두고도 경찰을 비롯해서 많은 사람들이 방화로 추정했다. 재개발과정에 앙심을 품은 사람, 혹은 이해관계가 얽혀있는 사람의 소행일거라 짐작했다. 하지만 범인은 아직 밝혀지지 않고 있다. 이래저래 재개발 사업은 자꾸 늦어지고 비어있는 집들은 폐가가 되었다. 고양이들이 어슬렁거리고 하늘에는 까마귀가 날았다.

나는 내 가게 바로 앞을 점하고 있는 2구역 재개발 사업이 조속히 진행되기를 바라는 마음이 간절했다. 그래서 약간 볼멘소리로 섭이엄마에게 물었다. 조합 측에서 제시한 집값이 너무 낮았나요? 그녀는 남편이 재개발에 반대했던 이유는 돈 때문이 아니라고 했다. 섭이할머니의 유언 때문이라고 했다.

"어머니는 절대 이사를 가거나 집을 팔지 말라고 했어요. 집을 나갔다가 아직 돌아오지 않은 사람이 있는데, 그 사람이 다시 찾아오려면 집이 그대로 있어야 한다는 거였죠."

"그 사람이 누구인데요?"

그녀가 대답하려 할 때, 취객 두 사람이 편의점으로 들어갔다. 계산을 위해 내가 가게로 들어가는 바람에 그녀의 대답은 유보되었다. 계산을 마치고 돌아왔을 때, 그녀는 유보된 대답 대신 엉뚱한 질문을 내게 했다.

"점장님은 왜 알바를 안 써요?"

나는 대꾸 없이 쓸쓸한 표정만 지어보였다.

"나, 이 가게에서 알바하면 안 돼요?"

"알바 쓰지 않는 이유를 알려 드릴까요? 우리 가게처럼 장사 안 되는 편의점은 사람 쓰지 않고 가족들이 직접 해야 돈 좀 만질 수 있어요. 알바 쓰면 인건비 부담이 만만치 않거든요. 또 재수 없으면 상품 빼돌리는 알바 만날 수도 있고요."

편의점을 오픈하면서 야간에는 알바를 썼다. 그런데 정기적으로 본사가 실시하는 재고조사를 해보면 장부상 상품 수와 진열대 상품 수의 차이가 너무 컸다. 특히 담배가 보루 째로 사라지는 일이 빈번했다. 야간에 알바가 빼돌렸을 것이라는 의심을 떨쳐버릴 수가 없었다. 알바에게 나가는 인건비도 만만치 않고 해서, 아내가 아침 여덟시부터 저녁 여섯시 까지 열 시간을, 나머지 열 네 시간은 내가 밤새워 맞교대로 가게를 지키게 되었다.

"그럼, 이런 가게 차리려면 자금이 얼마나 들어요?"

"왜 편의점 해 보려고요?"

"뭔가 해서 먹고 살아야지요."

"편의점은 하지 마세요. 보기엔 우습게 보여도 섭이엄마 혼자하기에는 너무 힘들어요."

"몸은 힘들어도 돈은 벌잖아요?"

"돈이요? 돈 못 벌어요. 장사해서 번 돈 대부분은 건물주하고 프랜차이즈 본사가 가져가요."

"그럼 점장님은 이 장사를 왜 해요?"

이 질문에 나는 대답을 할 수가 없었다. 단지 잠도 못자고 돈도 못 버는 이 장사를 아직까지 하고 있는 나 자신이 한심스럽다는 생각뿐이었다.

올해 초, 지난 일 년 간 우리 부부가 장사해서 번 실제 수입과 일 년치 임대료를 비교해 보았다. 우리 수입이 건물주에게 지급된 임대료 보다 적다는 사실을 발견했다. 이건 말도 안 되는 일이라고 생각했다. 단지 가게를 소유하고 있다는 이유만으로 나보다 더 많은 돈을 가져가다니! 임대료를 깎아 보기로 결심 했다. 본사가 건물주와 계약을 맺은 가게라서, 내 가게를 담당하는 본사의 김대리에게 건물주 전화번호를 가르쳐달라고 부탁했다. 젊은 슈퍼바이저는 나이가 드실 만큼 드신 분이 왜 그렇게 세상물정을 모르냐고 비아냥댔다. 건물주들은 가게가 공실이 되는 한이 있더라도 절대 임대료를 깎아 주지 않는다는 사실을, 나에게 전화번호 대신 가르쳐 주었다.

나는 편의점 손익구조에 대해서도 김대리에게 따져 물었다. 장사도 안 되는 가게에서 본사가 가지고가는 돈이 너무 많은 거 아니냐? 부부가 잠도 못자고 힘든 노동을 해서 버는 돈 보다, 아무 노동도 하지 않는 건물주가 더 많은 돈을 가져가도 되는 거냐? 김대리는 피게티라는 서양 학자의 연구결과를 인용해서, 그것이 바로

21세기 자본주의 특징이라고 내게 말해 주었다. 만일 그 학자의 연구가 맞는다면 이제 자본주의는 폐기되어야 마땅하다고 나는 생각했다. 유효기간이 지나버린 삼각 김밥처럼!

새벽이 가까워지자 섭이엄마가 술에 취해 비틀거리며 자리에서 일어났다. 나는 그녀가 이제 집으로 가는구나 생각했다. 그러나 섭이엄마는 하늘을 훨훨 날아서 그이한테 가고 싶다고 말했다. 나는 잔뜩 졸린 눈으로 그녀를 바라보았다. 그녀의 모습이 마치 천사 같았다. 천사가 주는 선물인 양 졸음이 나에게 쏟아져 내렸다. 나의 눈이 졸음을 이기지 못하고 스르르 감겼다.

섭이엄마가 천사처럼 날개 짓을 했다. 그녀의 어깨 위에 하얗고 커다란 날개가 돋아났다. 그 날개는 눈부시게 아름다웠고 그녀의 날개 짓은 우아하고 부드러웠다. 날개 짓을 할 때마다 날개에서 뿜어 나오는 가느다란 실 모양의 흰색 아우라는 검은 하늘에 여러 모습의 그림을 그려놓았다. 하지만 그림은 연기처럼 이내 풀어져 사라지곤 했다. 그런데 한 오라기의 실이 노인을 향해 풀리더니 그의 몸을 감쌌다. 그러자 놀라운 일이 벌어졌다. 노인의 몸이 공중에 떴다. 이어서 여인의 날개 짓에 맞추어 그의 몸은 하늘로 날아올랐다. 밤하늘에 홀로 빛나고 있는 목성을 향해 날아갔다. 검은 하늘에 노인을 감싸고 있는 하얀 아우라가 선명했다. 어디선가 폭죽 터지는 소리가 들렸다. 검은 하늘 여기저기에서 빨간색 불꽃들이 터지기 시작했다. 쉴 새 없이 터지는 찬란한 불꽃들이 노인의 하늘 길을 환하게 밝혀 주었다.

＊

다음 주. 금요일 밤이면 늘 그렇듯, 섭이엄마가 소주 한 병을 사들고 사각형탁자에 앉았다. 잠시 후, 어떻게 알았는지 노인도 귀신같이 모습을 드러냈다. 세 사람의 파티가 일주일 만에 다시 열렸다. 나는 이를 불금폐기파티라고 이름 지었다. 남들은 정열을 불태우는 금요일에, 유효기간이 지나 폐기등록 된 식품을 먹는 세 사람만의 파티! 파티의 분위기는 지난주와 약간 달랐다. 어색함이 덜했다. 나는 섭이엄마에게 섭이가 요즘 어떻게 지내느냐고 물었다. 동네에서 질 나쁘기로 소문난 녀석과 어울려 가게를 드나드는 모습이 자주 포착되었기 때문이다. 섭이엄마가 한숨 한 번 크게 쉬고는 내 질문의도와는 다른 답답함을 토로했다.

"점장님. 섭이 불장난 하는 버릇 고치려면 어떻게 해야 되요? 엊그제 빈집에서 걔가 불장난하는 걸 누가 봤데요. 그러다 큰 불 낼까봐 걱정이에요."

"글쎄요. 그 버릇을 어떻게 고치나."

"그 버릇도 유전 되나 봐요. 섭이할아버지가 그렇게 불장난이 심했다고 그러더라고요. 불장난이 너무 심해서 섭이할아버지 부모님이 애 버릇을 고쳐볼 요량으로 용하다는 점쟁이를 찾아갔데요. 그랬더니 아이가 불기운이 너무 세서 그렇다며, 불기운을 죽이려면 물위에서 살아야 한다는 답이 나왔데요. 그래서 할아버지는 마도로스가 되어 오대양 육대주를 배타고 떠돌아다닌다고 어머니가 말해주었어요."

"그럼 요즘도 배타고 바다를 떠돌아다니나요?"

"그게 확실치 않아요. 어머니 말로는 남미 어딘가에서 오래전에 실종 되었다고 그랬어요."

"그럼 이사 가거나 집을 팔지 말라고 한 부탁이 바로 섭이할아버지 때문이었나 보죠?"

"네. 맞아요."

이 때 노인의 가쁜 기침소리가 들렸다. 나는 노인이 막걸리를 급히 마시다가 사레 걸렸나보다 생각했다. 섭이엄마가 노인에게 괜찮으냐고 물었다. 노인이 고개를 한번 끄떡이고는 깊은 눈빛으로 그녀를 바라보았다. 기침 때문인지 노인의 눈이 촉촉하게 젖어 있었다.

밤이 깊어가면서 사각형탁자 위에 빈 술병이 늘어갔다. 제일 취한 사람은 섭이엄마였다. 그녀가 소주 한 병 더 달라고 했다. 나는 소주 대신 냉장고에서 맥주를 꺼내 왔다. 그녀가 많이 취했기 때문이었다. 나는 섭이엄마에게 맥주 한 잔 따라 주며 말했다. 소주는 이제 그만하고 마지막 입가심으로 맥주 한 잔 해요. 섭이엄마가 맥주를 한잔 들이키더니 울먹이며 고맙다고 말했다. 맥주가 그녀의 입가로 흘러내렸다. 입가에 흐르는 맥주를 어쩌지도 않은 채 그녀가 나에게 하소연 했다.

"아들 하나 데리고 살아가기가 왜 이렇게 힘든지 모르겠어요. 남편 없이 나 혼자 살아가느라 그렇겠죠? 남편이 살아 있는 여자들은 안 그렇겠죠?"

섭이엄마가 말하면서 울고, 울면서 말했다.

"그이가 원망스러워요. 왜 그렇게 일찍 저 세상으로 가버렸는지. 나 혼자 아들을 어떻게 키우라고......... 오늘 섭이가 용돈이 떨어졌다며 돈 좀 달라고 했는데, 난 돈 아끼느라 그 돈도 안 줬어요. 밥이나 제대로 사먹으며 돌아다니는지........... 이러고도 내가 엄마인가요?"

섭이엄마가 말을 이어가지 못하고 고개를 떨궜다. 나는 그녀의 우울증이 점점 심해지는 것 같아 염려되었다. 섭이엄마가 흐느끼기 시작했다. 플라스틱 탁자 주위로 무거움이 몰려왔다. 그 무거움이 버거웠던지 노인은 지그시 눈을 감아버렸다.

섭이엄마의 흐느낌을 멈추게 한 건 젊은 경찰이었다. 가게 앞으로 술에 취해 인사불성이 된 아이를 데리고 왔다. 섭이였다. 섭이엄마가 깜짝 놀라 자리에서 일어나 섭이를 부축해서 의자에 앉혔다. 경찰이 섭이엄마에게 학생과 어떤 관계인지를 물었다.

"내가 애 엄마인데요. 섭이가 어디다 불 질렀나요?"

"불이요? 아뇨. 그런 건 아니고요. 지구대로 신고가 들어왔어요."

인근 공원에서 청소년들이 술에 만취되어 소란을 피우고 있다는 신고를 받고 출동해보니, 모두 도망가고 섭이 혼자 남아 있었다고 경찰은 말했다. 공원 같은 데서 청소년이 술 마시다 적발되면 반드시 술의 출처를 묻게 돼 있는데, 섭이가 내 편의점에서 술을 샀다고 진술했기 때문에 사실을 확인하러 오게 되었다는 것이다. 아내가 가게를 지키고 있을 때여서, 나는 사실관계 확인을 위해 아내에게 전화를 걸어 경찰과 연결해 주었다. 아내는 녀석에게 술을 팔았다고 시인했다. 청소년에게 술을 팔면 안 되는 줄 알았지만, 엄마

심부름이라는 말만 믿고 술을 팔았다며 곧이곧대로 얘기했다.

아내와 통화를 끝낸 경찰은 핸드폰을 내게 건네주며, 편의점 주인 맞지요? 라며 매우 사무적인 언사로 내게 물었다. 내가 약간 긴장하며 그렇다고 대답했다. 그러자 젊은 경찰은 마치 명령이라도 하듯 쏘아댔다. 점장님은 청소년 보호법을 위반 했습니다. 내일 오전 아홉시 반까지 경찰서를 방문해 주시기 바랍니다. 어머니는 지금 이 학생을 데리고 귀가하시고요. 이런 일이 일어나지 않도록 아이교육 단단히 시키세요.

섭이엄마는 탁자에 엎드려 있는 아들을 아무 말 없이 바라보았다. 난감한 기색이었다. 나는 섭이엄마에게 내가 등에 업고 집에 데려다 주겠다고 말했다. 그녀는 가게를 비우면 어떡하느냐며 안된다고 했다. 그녀와 내가 약간의 실랑이를 하고 있는데, 노인이 자리에서 일어나 섭이 옆에 쪼그려 앉았다. 상체를 앞으로 기울이고는 섭이를 등위에 올리라는 손짓을 했다. 노인의 등은 구부정하고 어깨는 왜소했다. 섭이를 제대로 업을 수 있을지 의구심이 들었다. 하지만 다른 방도가 없어 섭이엄마와 함께 섭이를 들어 노인의 등에 업혔다. 노인은 섭이를 업고 나의 도움을 받아 간신히 일어났다. 노인이 몇 발짝을 휘청거리며 걷기 시작하자, 섭이엄마가 노인의 곁에서 아들의 엉덩이를 받쳐 들고 비틀대며 뒤따라갔다.

나는 결국 청소년 보호법 위반으로 기소되었다. 엄청난 액수의 벌금과, 같은 액수만큼의 과징금을 구청에 납부해야 할 처지가 되었다. 편의점 주인 혼자 감당하기에는 너무 큰 액수라는 생각이 들어서 프랜차이즈 본사에 일부분만이라도 부담해 달라고 요청했다.

그러나 단칼에 거부당했다. 오히려 김대리로부터, 멍청하기가 그지없다는 핀잔만 들었다. 술을 팔지 않았다고 딱 잡아뗐으면 그냥 넘어갈 일이었다는 것이다.

*

팔월 넷째 주 금요일. 늑장을 부리다가 아내와의 교대시간에 늦게 가게에 도착했다. 천천히 걸어서 철거공사가 한창인 재개발지구 3구역을 둘러보며 왔기 때문이다. 오래된 주택들이 무너지고 있었다. 어느 가족의 역사가 담겨 있고 누군가의 사연이 살아 숨 쉬는 둥지들이 사라지고 있었다. 유효기간이 지난 삼각 김밥의 바코드를 찍듯이, 중장비들은 오래된 집들을 폐기시키고 있었다. 아내가 늦게 왔다며 짜증을 냈다. 요즘 들어 아내의 짜증이 부쩍 늘었다는 느낌이 들었다.

교대작업 중에 아내가 불쑥 우울증이 남의 일 같지 않다며 섭이엄마 얘기를 꺼냈다. 친정오빠에게 등 떠밀리다시피 하여 우울증 전문병원에 입원했다는 것이다. 그 전에 친정오빠는 재개발에 동의하도록 섭이엄마를 설득해서 조합 측과 계약체결을 완료하고 살림살이들을 부근에 있는 자신의 집으로 임시로 옮겨 놓았다고 했다. 인수인계를 마치고 가게 문을 나서는 아내의 뒷모습이 쓸쓸해 보였다. 팔월 한 여름인데도 왠지 늦가을 같은 분위기였다. 우울증도 전염되는 병인가? 나는 더럭 겁이 났다.

불금폐기파티 시간이 되자 노인이 어김없이 가게를 찾았다. 막걸리를 사들고 사각형 탁자에 앉았다. 늘 앉던 자리이다. 나도 페트병 맥주 한 병과 폐기식품들을 싸들고 탁자에 자리했다. 노인이 두리번거렸다. 섭이엄마를 찾는 눈치였다. 나는 아내에게서 들은 섭이엄마 얘기를 노인에게 해 주었다. 노인이 한마디라도 놓칠세라 상체를 내 몸 가까이 기울였다. 내 얘기가 끝나자마자 노인이 물었다.

"그럼, 섭이는요?"

나는 깜짝 놀랐다. 마치 죽은 사람이 말하는 소리를 들은 기분이었다. 깜짝 놀라기도 했지만 당황스럽기도 했다. 섭이 거취에 대한 정보는 하나도 없기 때문이었다. 아내가 얘기해 준 내용도 없었고, 나도 물어보지 않았다. 나는 시간을 벌 요량으로 맥주를 컵에 따라서 한잔 죽 들이켰다. 되새김 한번 하고는, 글쎄요. 엄마가 퇴원할 때까지 외삼촌 집에서 지내기로 하지 않았을까요? 라며 얼버무렸다.

나는 노인이 입을 열었다는 사실에 고무되었다. 이때다 싶어 그의 정체를 캐보기로 했다.

"저... 우리 가게 처음 들렀을 때 옛날주소 물어보셨죠?"

"…………"

"예전에 이 동네 사셨나 봐요?"

노인이 나를 한참 쳐다보다가 탄식하듯 말했다.

"예. 이 동네에서 살았죠. 집 떠난 지 한 삼십년 됐나? 아니야 사십년 가까이 됐을 거야."

"그럼 그동안 외국에 나가서 사셨나 봐요?"

"뭐, 그런 셈이지."

"저는 일 년 365일 편의점 장사하느라 외국에 한 번도 나가본 적 없는데. 좋았겠어요."

"좋기는! 좆 같았지. 외국 나가서 삼십년 간 옥살이만 하다가 돌아왔으니까."

"왜요?"

"왜요? 그냥 아무렇게나 생각하쇼. 얘기하자면 너무 기니까."

"그래도 너무 궁금한데......."

"그만합시다."

노인은 선언하듯 말하고 다시 입을 닫아버렸다. 나는 겸연쩍어서 슬며시 자리를 떴다. 가게에 들어가 보니 벌써 하루의 마무리 작업을 할 시간이 되어있었다. 힐끗 힐끗 바깥을 내다보며 매출정산을 시작했다. 노인 혼자 탁자에 앉아 막걸리를 마시고 있었다. 매출정산 하느라 현금을 세고 있는데 두 명의 청소년이 조용히 계산대 앞으로 다가와 섰다. 두 명 다 모자를 푹 눌러쓰고 마스크를 하고 있었다. 그래도 나는 그들이 누구인지 짐작이 갔다. 동네에서 질 나쁘기로 소문난 녀석과 섭이였다. 질 나쁘기로 소문난 녀석이 편의점에 있는 현금을 모두 달라고 요구했다. 대부분 카드 결제이기 때문에 현금은 그렇게 많지 않았다. 그렇더라도 아내와 내가 하루 종일 고생하여 번 돈을 선뜻 내줄 수가 없었다. 세고 있던 현금을 모두 레지스터에 집어넣고 닫아버렸다. 그러자 녀석이 주머니에서 칼을 빼어 들었다. 스위스 국기가 그려진 칼이었다. 녀석과 내가 계산대를 사이에 두고 팽팽하게 대치하고 서 있는 상황이 되었다.

섭이는 잔뜩 긴장하며 녀석과 나를 번갈아 쳐다보았다. 녀석이 다시 한 번 레지스터를 열라고 나를 위협했다. 내가 아무런 움직임을 보이지 않자 녀석이 섭이에게 눈짓을 했다. 섭이가 엉거주춤 계산대 안으로 들어왔다.

이때 노인이 편의점 문을 열고 들어섰다. 문에 달린 종소리가 유난히 크게 들렸다. 녀석이 움찔하며 뒤를 돌아보았다. 노인을 발견하고는 꺼지라고 소리쳤다. 노인은 아랑곳 않고 녀석에게 다가갔다. 녀석이 뒤로 주춤주춤 물러서며 오지 마! 가까이 오지 마! 씨발 오지 말란 말이야! 하며 당황한 목소리로 외쳤다. 좋은 기회라고 생각한 나는 계산대 밖으로 나가 녀석의 팔을 잡아 등 뒤로 비틀었다. 비명과 함께 칼이 바닥에 떨어졌다. 녀석은 뿌리치려하고 나는 붙잡고 있으려는 몸싸움이 벌어졌다. 그 틈을 타서 노인이 바닥에 떨어진 칼을 주워들었다. 칼을 뺏긴 녀석이 있는 힘을 다해 나를 밀쳤다. 섭이를 향해 튀어! 라고 외친 후, 통유리 문을 박차고 도망쳤다. 섭이는 튀지 못했다. 계산대 안에 갇혀버렸기 때문이다.

섭이를 가게 밖 플라스틱 탁자로 데리고 갔다. 노인도 뒤따라 나왔다. 자리에 앉자마자 섭이를 다그쳤다. 다시는 그 녀석과 어울려 다니지 않겠다는 약속을 하라고. 그러지 않으면 경찰서에 넘기겠다고 으름장도 놓았다. 또 엄마 말 잘 듣고 착하게 살아야한다는 둥 내가 생각해도 꼰대 같은 말들을 쏟아냈다. 섭이는 내 얘기는 듣는 둥 마는 둥, 탁자 한구석에 놓여있는 도시락을 줄곧 쳐다보았다. 내가 '알겠어?'하며 일장훈시를 끝내자, 섭이는 '네,' 건성으로 대답하고는 도시락을 가리켰다.

"저거 먹어도 돼요?"

섭이가 도시락을 먹는 모습을 보자 멤버 한명이 바뀐 불금폐기 파티라는 생각이 들었다. 나는 섭이에게 왜 하필 내 가게를 털기로 마음먹었는지 이유를 물었다. 섭이의 대답은 CCTV가 없는 유일한 가게이기 때문이라고 했다. 야간알바를 쓰지 않기로 하면서 계약해지를 한 기억이 났다. CCTV 관리회사에 매달 지급하는 만 원 정도 되는 비용을 아끼기 위해서였다.

물도 없이 밥을 먹는 섭이가 안쓰러웠는지 노인이 막걸리를 따라서 섭이에게 건넸다. 섭이가 황당하다는 표정으로 노인을 쳐다보았다. 내가 청소년에게 술을 권하면 안 된다고 노인에게 귀뜸하자 노인은 섭섭한 표정을 지어보였다.

나는 무언가 극적인 장면이 연출될 것 같은 기대감에 약간 흥분되어 있었다. 노인의 정체가 오래전 실종된 섭이할아버지일지도 모른다는 내 나름의 짐작 때문이었다. 그래서 영화 스타워즈 마지막에 나오는 명대사 '아임 유어 파더.'비슷하게 '내가 네 할애비다'라는 말이 노인의 입에서 나오기를 기다렸다. 그러나 그 입으로는 막걸리만 들어가고 있었다. 혹시 노인이 자신의 손자를 못 알아보는 건가? 답답한 마음에 나는 부러 노인에게 섭이를 소개해 주기도 했다.

"할아버지. 애는 진섭이에요. 지난 주 이 자리에 앉았던 섭이엄마 기억하시죠? 애가 바로 그 섭이에요. 참 애를 업고 집에 데려다 주기도 했잖아요? 성은 목씨이고요."

나의 기대와 달리 노인은 고개만 한 번 까딱하고는 아무 말이 없었다.

도시락을 다 먹은 섭이가 외삼촌 집에 가야한다며 자리에서 일어났다. 나에게 고개 숙여 인사하고 뒤돌아서려 했다.

"어르신께도 인사하고 가야지."

나의 말에 섭이가 잠시 어리둥절한 표정을 짓더니 이내 노인을 향해 고개만 약간 숙였다. 인사 같다는 느낌이 들지 않았다. 아마 노숙하는 노인을 어르신으로 호칭한 것이 어색해서 그랬지 싶었다. 가벼운 인사를 받은 노인이 섭이를 향해 자신의 곁에 오라는 손짓을 했다. 섭이가 노인 곁에 다가서자 노인은 이쪽저쪽 주머니를 탈탈 털어 꼬깃꼬깃하게 접혀있는 만 원짜리, 천 원짜리 지폐 몇 장과 동전 몇 닢을 꺼내서 섭이 손에 쥐어 주었다. 섭이가 돈을 받아들고는, 어떻게 해야 되지? 도움을 청하려는 듯 나를 쳐다보았다. 내 입에서 얼떨결한 말이 튀어나왔다.

"할아버지가 주시는 거야. 그냥 고맙게 받아."

섭이는 쭈빗쭈빗 하다가 돈을 받아들고 인도를 따라 걸어갔다. 섭이가 한참을 걷다가 뒤돌아서서 노인에게 허리를 숙여 큰 인사를 했다. 노인은 손을 들어 섭이에게 답례했다. 항상 굳은 표정이던 노인의 얼굴에 처음 미소가 흘렀다. 사라져가는 섭이의 뒷모습에 시선을 고정한 채 노인이 내게 물었다.

"내 마지막 소원이 뭔지 아쇼?"

"남은 여생을 손자와 함께 행복하게 사는 거겠죠."

"손자? 내게 손자가 있으려나? 설령 있다고 해도 무슨 낯짝으로 손자를 찾아가겠어. 죽으면 화장해서 남은 뼛가루를 내가 살던 고향동네에 묻는 게 내 마지막 소원이야."

노인은 '진짜 좆 같은 인생이었어.'라고 중얼대며 자리에서 일어났다. 허탈해진 나도 가게로 들어가 하루의 마무리 작업을 시작했다. 레지스터를 열어 카드전표와 현금을 세어 POS에 찍힌 잔액과 맞는지 확인한 후, 매장을 돌아다니며 상품발주를 했다. 발주 작업을 마친 후에는 진열대의 먼지를 털어내는 등 매장청소를 하고, 쓰레기를 버리러 가게 밖으로 나갔다. 차도 오수관에 컵라면 국물을 버리는데, 섭이네가 살던 집에서 검은 연기가 피어오르는 것이 눈에 띄었다.

화재를 직감한 나는 가게에 비치되어 있는 소화전을 들고 사차선 도로를 한걸음에 건넜다. 대문을 박차고 집 마당에 들어서니 벌써 불길이 치솟고 있었다. 불 가까이 다가가서 소화전을 열심히 뿌려 보았지만 불길은 이미 작은 소화전이 감당할 수 있는 수준이 아니었다. 진화를 포기하고 한 발짝 물러서려는데 등 뒤에서 인기척이 났다. 돌아보니 노인이 담벼락에 서 있었다. 화재 신고를 하려 핸드폰을 꺼냈다. 119를 누르려는 순간, 노인이 내 옆을 스쳐 지나갔다. 불타고 있는 집을 향해 걸어가더니 일말의 주저함도 없이 불길 속으로 들어가 버렸다. 순식간에 일어난 일이라 말릴 틈도 없었다. 뒤좇아 가보았지만 상상할 수 없을 만큼 뜨거운 열기가 나를 가로막았다. 노인을 구해보려는 엄두가 나지 않았다.

노인은 집 한가운데에서 꼿꼿이 앉은 채로 두 손 모으고 상체를 앞뒤로 가볍게 흔들어 댔다. 하지만 오래가지 못했다. 그의 머리

위로 화염에 쌓인 나무 기둥이 무너져 내렸기 때문이다. 노인도 무너져 내렸다. 그 충격으로 작은 파편들이 튀었다. 그 파편들은 불꽃이 되었다. 불길에 휩싸인 나무기둥이 불꽃을 토해내기 시작했다. 여기저기에서 불꽃이 터졌다. 수없이 많은 크고 작은 빨간색 불꽃들이 밤하늘 가득 터졌다. 불꽃파티가 펼쳐지고 있었다. 불길은 더욱 거세졌다. 오래된 목조 주택은 그 불길을 견디어내지 못하고 빠른 속도로 무너져 내렸다. 기둥들이 무너지고 급기야 지붕마저 가라앉았다. 섭이네 집이 폐기되고 있었다.

노인과 함께.

어디선가

나를 찾는 전화벨이 울리고

김
현
진

　　요란하게 울리는 벨소리에 완기는 잠을 깼다. 머리가 지끈거리면
서 아파왔다. 그는 누운 채 관자놀이에 엄지손가락을 대고 힘을 주
었다. 간만에 마신 술이 좀 과했나? 기다리고 있던 전화가 있었지
만 이렇게 일찍 전화를? 그는 침대에서 일어나 거실을 향하다 멈
춰 서서 잠시 목소리를 가다듬었다. 아,아,.. 정중하게 전화를 받으
려던 그가 식탁에 놓인 전화기를 본 순간 입에서는 "에이 씨" 하는
소리가 절로 나왔다. 벨소리와 똑같이 알람 소리를 맞춰놓았다는
것을 알고서는 그는 알람을 끈 후 거실 바닥에 엎드렸다. 이제 일

을 하게 되면 일찍 출근해야 되니까 적응을 좀 해야지. 어제 면접을 마치고 친구인 민호를 불러 내 술을 마시면서 내일부턴 규칙적인 생활을 해 보겠노라고 술에 취한 채 대충 맞춰놓은 기상 알람 소리를 전화벨소리와 같이 설정을 해 놓았던 것이다. 그는 돌아누워 천장을 보다가 어제 면접 본 장면을 떠올렸다. 비교적 젊은 나이로 보임에도 머리가 벗어지기 시작해서 뭔가 아슬아슬한 느낌을 주는, 안내를 맡은 직원에게 그는 동질감을 느꼈었다. 그는 대기실에 있던 3명의 지원자에게 '지원해 주신 분들은 모두 훌륭하신 분들인데 다 모시지 못해서 죄송하다. 덧붙여 연락을 못 받으신 분들은 부족해서 그런 게 아니니 나중에라도 인연이 되면 좋겠다'라는 취지의 말을 공손히 했다. 그 말을 듣는 순간 뭔가 이상한 기분이 들었는데 지금 문득 그 장면이 생각났다. 그리고 그 기분의 정체는 그 면접관에 대한 약간의 고마움과 자신에 대한 안타까움이 섞인 것이라는 것을 알게 되었다. 한동안 누워있던 그는 1인용 소파 위에 던져 놓은 핸드폰을 찾아 벨소리설정을 다시 했다. 휴대폰에 저장된 노래 중에서 그가 고른 것은 Hasta siempre Commandante(사령관이여 영원하라)라는 제목의 노래였다. 혁명을 위해 싸우다 죽은 체 게바라가 한때 유행처럼 자본주의적 이미지로 소비되는 시기가 있었는데 그는 그런 현상을 안타깝게 생각했다. 만약 체 게바라가 자신의 얼굴이 인쇄된 티셔츠가 각양각색의 디자인으로 팔리고 있는 것을 알게 된다면 망연자실할 것이라고 생각했다. 하지만 그 노래는 좋아해서 산책을 할 때마다 오래된 팝송과 함께 듣곤 했다.

완기는 동네 마트에서 사 온 3분 북엇국에 김치를 넣어 끓인 국에 밥을 말았다. 기대한 시원한 맛은 아니었지만 그럭저럭 한 공기를 비웠다. 밥숟갈을 놓으면서 그는 오늘 낮에 듣기로 예약했던 도서관의 무료 강좌의 시간을 확인했다. 2시였다. 1인 출판사를 운영하는 사람이 와서 창업과 운영에 관한 이야기를 하는 강좌였다. 신청을 할까 말까 생각하다가 사람 일은 어떻게 될지 모르니 일단 들어나 보자는 마음으로 신청을 한 강좌였다. 그는 2시가 되기 전에 어제 면접 본 곳에서 전화가 왔으면 좋겠다고 생각했다. 완기는 핸드폰의 벨소리를 최대로 해 놓고 욕실에 들어가 씻기 시작했다. 머리를 한창 감고 있을 때였다. 욕실 문 앞에 놓아둔 전화의 벨소리가 울려대기 시작했다. 완기는 샤워기를 머리에 대고 급하게 거품을 씻어냈다. 대충 수건으로 물기를 닦고 그는 옷을 입지도 않은 채 욕실 문 앞에 쭈그려 앉아 핸드폰의 액정을 확인했다. 1588로 시작하는 번호였다. 그의 입에서는 다시 아이 씨인지 에이 씨인지 모를 소리가 나왔다. 전화를 받을까 말까 액정을 보며 잠시 고민하던 그는 수신 버튼을 눌렀다. 전화가 온 곳은 그가 사용하는 휴대전화 통신사의 상담원에게서 온 전화였다. 상담원은 부담스러울 정도의 친절한 목소리로, 잘 알아듣지 못할 빠르기로 자기 얘기를 쏟아냈다. 들어보니 '지난 몇 년간 우리 통신사를 이용해 주셔서 고맙다. 감사드리는 차원에서 인터넷 선을 타고 들어갈 수도 있는 유해 신호를 미리 감지하여 차단하는 서비스를 해드리겠다. 단, 이 서비스를 받으려면 한 달에 3,000원씩 추가 비용을 지불해야 한다. 동의하시면 한 달 동안 무료로 사용한 후 다음 달부터 서비스를

해드리겠다'는 내용이었다. 완기는 맥이 빠졌다. 전화를 끊고 통신
사 상담원의 말을 곰곰이 생각해 보았다. '인터넷 유해신호를 차단
해 준다. 그 대신 3000원 비용발생' 이 말을 다시 생각하면 3000
원을 내지 않으면 유해신호를 차단해 주지 않겠다는 말이었다. 그
러나 그는 이미 통신사에 일정 금액을 매달 지불하면서 인터넷 회
선을 쓰고 있다. 그러면 원활하고 깨끗한 인터넷은 기본이 아닌가?
이 새끼들 장사를 더럽게 하네. 완기는 혼자 중얼거렸다.

도서관의 강의실에 앉아 있는 사람들은 그야말로 남녀노소 구분
이 없었다. 얼핏 60이 넘어 보이는 듯한 사람도 있었고 대학생처럼
보이는 사람도 있었다. 1인 출판을 경영한다는 강사는 1인 출판사
를 하고 싶은 사람이 있다면 말리고 싶다는 이야기를 시작으로 1
인 출판사를 설립하고 경영하는 과정에서의 어려가지 어려움과 에
피소드를 이야기하기 시작했다. 자신이 1인 출판사를 하기 전에는
날씬했는데 지금은 돼지가 됐다는 말을 할 때쯤 핸드폰의 진동이
울리기 시작했다. 모르는 핸드폰 번호였다. 어제 면접 본 곳에서
온 전화라면 일반번호가 찍힐 텐데라는 생각에 그는 통화 종료 버
튼을 눌렀다. 그러자 몇 초 후에 또 전화가 울리기 시작했다. 급한
전화인 것 같은데 혹시 면접을 본 회사의 담당자가 직접 전화를
한 건 아닐까 하는 생각이 들었다. 마침 강사가 10분 휴식을 알리
자 그는 부리나케 일어나 복도에서 전화를 받았다. 실망할 겨를도
없이 다소 격앙된 여자의 목소리가 들려왔다.
    "여보세요 차를 일렬주차를 했으면 사이드를 풀어놓으셔야죠. 지

금 급하게 나가야 하는데 막혀서 차를 뺄 수가 없잖아요!" 그는 분명히 사이드 브레이크를 풀어놓았다고 생각했다. 예전에도 실수로 사이드 브레이크를 깜박하고 걸어 놓아서 밥을 먹다 말고 내려가서 차를 옮긴 적이 있었다. 그래서 그는 항상 일렬주차를 할 때 꼭 확인을 하고 내리곤 했다. 하지만 그는 요즘 자신의 기억력에 자신이 없었다. 며칠 전에도 국을 담은 냄비를 깜박하고 가스레인지 위에 올려놓고 잠시 외출했다가 김이 모락모락 올라오는 숯검댕이가 된 냄비를 보면서 속상해 했다.

"아 네 죄송합니다. 제가 사이드를 깜박한 것 같은데요. 근데 제가 외출 중이라서 지금 바로 가더라고 시간이 좀 걸릴 것 같습니다."

"얼마나 걸리는데요?"

여자는 처음보다 더 높아진 목소리로 물었다.

"아 네 30분 정도는 걸릴 것 같습니다."

말을 마치자마자 아이 씨 하는 목소리와 함께 전화가 뚝 끊어졌다. 그는 강의가 시작되고 자리에 앉았지만 머릿속에는 주차를 해 놓은 자동차 생각뿐이었다. '아마 다른 차도 막혀있을 텐데 또 전화가 오면 어떡하지?' 그는 불안한 마음에 자리에 계속 앉아 있을 수가 없었다. 강사가 1인 출판에서 마케팅을 하는 방법에 대해 설명하고 있을 때 그는 자리에서 조용히 일어났다. 그의 자리는 출입문에서 가장 먼 줄의 앞에서 셋째 자리였는데 뒷문으로 나가기 위해서는 강의실을 니은자 모양으로 벽을 따라 걸어 나가야만 했다. 고개와 허리를 숙이고 가방을 가슴에 안은 채 밖으로 나온 그는 바로 버스 정류장으로 빠르게 걷기 시작했다. 버스를 타고 집까지 네 정거장이 지나가는 동안 그는 손에 핸드폰을 꼭 쥐고 있었다. 버스야 제발 빨리 좀 달려라. 그리고 핸드폰아 제발 울리지 말아라. 두 정거장이 남았을 때였다. 갑자기 전화의 진동이 울리기 시작했다. 모르는 번호가 찍혀 있었다. 이런 제길. 그는 두 번째 진동이 울리기 전에 미안한 마음을 가득 담아 전화를 받았다.

"여보세요. 거기 우주 학원 원장님이시죠?"

"네? 아닌데요?"

"어 우주학원 원장님 아니세요?"

"네 아닙니다. 전화 잘못하셨습니다"

그는 그 잘못 걸린 전화에 오히려 감사한 마음이 되어 친절하게 전화를 끊었다. 안도의 한숨을 내쉰 그는 주머니에 핸드폰을 넣었다. 다행히 도착하는 동안 휴대폰이 울리지 않았다. 버스에서 내리자마자 그는 주차를 해 놓은 자동차를 향해 뛰다시피 걸어갔다. 멀리 흰색의 아반떼가 보이기 시작했다. 어? 뭐지? 도착해서 보니 아반떼가 주차된 위치가 분명 처음의 위치와 달라져 있었다. 처음에 주차한 위치보다 뒤쪽으로 2미터 정도 옮겨져 있었고 차가 막았을 법한 위치의 주차 자리는 비워져 있었다. 그는 가방을 차의 보닛위에 올려놓고 차를 슬쩍 밀어 보았다. 차는 스르럭 몇 바퀴를 구르다가 멈춰 섰다. 순간 그는 그의 몸속에서 뜨거운 기운이 머릿속으로 모이는 듯한 기분을 느꼈다. 그는 엘리베이터 앞에서 휴대폰을 들고 수신번호를 확인한 후 전화를 걸었다.

"여보세요. 아까 주차 때문에 전화 받은 사람인데요. 제가 지금

와서 차를 보니까 사이드가 걸려있지 않았는데요?"

"네 제가 나가려고 차를 밀었는데 안 밀려서 경비 아저씨께 부탁해서 밀고 겨우 나갔어요 보니까 밑에 턱이 있어서 차가 안 밀렸더라구요."

여자는 무슨 일 있느냐는 듯이 태연한 목소리로 말했다.

"아니 차가 사이드 걸려 있다고 해서 일도 다 못 보고 차 빼려고 다시 돌아왔잖아요. 제대로 확인도 안 하고 전화하시면 어떡합니까?"

그는 화를 억누르면서 최대한 차분한 목소리로 말하려고 했다. 여자의 목소리가 높아졌다.

"말씀드렸잖아요. 차를 턱이 있는데 대서 차가 안 밀렸다구요. 그럼 차가 안 밀리는데 차 주인한테 전화하지 누구한테 전화해요?"

"뭐요? 미안하다고 먼저 하셔야 되는 거 아니에요?"

그는 자신도 모르게 소리를 질렀다. 엘리베이터 안은 그가 갑자기 지르는 소리로 가득 찼다. 그러자 여자도 소리를 지르기 시작했다.

"지금 나한테 사과하라는 거예요? 내가 사과를 왜 해? 당신이 차를 안 움직이는 데 대서 내가 차 빼느라고 얼마나 고생했는지 알아? 당신 뭐야? 당신 이 아파트 살지? 지금 당장 나와 봐 응? 당장 주차장으로 나오라구"

여자는 아예 고함 수준으로 소리를 질렀다. 그는 순간 어이가 없어서 말문이 막혔다.

"뭐? 뭐요?"

"진짜 별 게 다 짜증 나게 하네. 참 내. 당장 나오라구!"

그는 악을 쓰면서 고함을 질러대는 상대의 목소리에 아무런 생각이 나질 않았다. 더 이상 통화를 할 수 없었다. 먼저 전화를 끊고 나서 한숨을 폭 내쉬었다. 엘리베이터는 어느새 14층에 도착해 있었다. 현관문을 열고 들어가는 순간 또 전화벨이 울렸다. 조금 전의 그 여자였다. 그는 종료버튼을 눌렀다. 다시 전화가 왔다. 그는 핸드폰을 침대에 툭 던졌다. 핸드폰은 맹렬하게 울려대더니 이내 잠잠해졌다. 곧이어 다시 전화벨이 울렸다. 그는 핸드폰을 꺼야겠다고 생각하며 휴대폰을 집었다. 휴대폰의 액정에는 일반전화의 번호가 찍혀 있었다.

"여보세요"

"안녕하세요. 김완기 씨죠? 어제 면접 본 oo교육입니다."

완기는 다음 주부터 출근하라는 상대의 말을 듣고 전화를 끊었다. 그리고 베란다로 가 주차장에 주차되어 있는 차들을 내려다보았다. 오늘따라 차들이 더 장난감처럼 보였다. 그는 잠시 식탁에 멍하니 앉아서 아침부터 오늘 일어난 일들에 대해 생각해 보았다. 그리고 핸드폰을 들고서 통화내역을 찾아보았다. 액정에는 오늘 받았던 전화의 번호들이 찍혀 있었다. 완기는 문득 어제 읽었던 책의 구절 일부가 생각이 났다. '나뭇가지는 가만히 있으려 하나 바람이 멈추지 않고...' 완기는 다음 주부터 출근하면 자신에게 어떤 바람이 불어올지 생각해 보았다. 그는 민호에게 전화를 걸까 하다 전원키를 길게 눌러 핸드폰을 껐다.

그 날 의 소 리

나
아

　상철은 오늘도 그 소리를 들었다. 새벽 2시. 남색 모자를 벗어 이마에 흐르는 땀을 닦았다. 매일 같은 시간에 들리는 정체불명의 굉음. 소리가 들릴 것을 예상했지만, 매번 충격을 피할 순 없었다. 그는 거칠고 주름진 손으로 가슴을 부여잡았다. 입술이 바짝 마르고 목은 타들어 갔다. 보온병 뚜껑에 미리 따라놓았던 보리차를 단숨에 마셨다. 보리차의 온기는 어느새 사라지고 없었다.

　상철은 플래시를 들었다. 일어서자마자 한 평 남짓한 경비실의 비좁음이 주위를 에워쌌다. 끼이익. 녹슨 철제문을 여는 순간 난로의 열기가 순식간에 흩어졌다. 밖은 차가웠다. 눈앞에는 어둠이 가득했다. 아직 잠들지 않은 집들의 불빛만이 드문드문 보였다. 순식간에 뿌연 연기가 자욱하게 피어올랐다. 그는 눈을 비벼보았다. 하지만 시야는 더 흐려졌다. 오른손을 뻗어 위아래로 휘휘 젓자 연기는 차츰 흩어졌다. 모두 그날부터 시작된 현상이었다. 뭘 어떻게 해야 할까. 그는 자포자기한 심정으로 발밑에 플래시를 비추었다. 저벅저벅. 불빛에 기대어 앞으로 걸어 나갔다.

순찰의 시작은 101동부터였다. 햇빛 아파트는 지은 지 20년이 넘었지만 언뜻 보면 멀끔했다. 얼마 전 새로 페인트칠을 해, 밤에는 더 그럴싸해 보였다. 하지만 자세히 들여다보면 노후한 흔적을 찾기는 쉬웠다. 그중 하나가 101동 앞에 놓인 낡은 벤치였다. 낮이면 무료한 동네 할머니들의 차지가 되는 이 벤치도 밤이 되면 텅비어 홀로 남았다. 상철은 플래시로 손때 묻은 벤치를 찬찬히 비춰보았다. 여느 밤처럼 아무도 보이지 않았다. 그는 오른쪽으로 몸을 틀어 101동 현관으로 향했다. 사람의 움직임을 감지한 센서 등이 깜빡 켜지며 노란빛을 퍼트렸다. 현관 입구와 우편함, 1층 복도와 계단을 차례로 살펴보았지만 별다른 특이점은 없었다. 아파트 앞 화단도 그냥 지나치지 못했다. 메마른 낙엽들이 쌓인 앙상한 화단을 플래시로 비추자 도둑고양이 한 마리가 날쌔게 몸을 숨겼다. 무엇하나 죽이지 못하는 고양이의 재빠른 움직임은 굉음의 원인과는 무관해 보였다.

이제 두 번째 동으로 향할 차례. 상철은 먼저 101동과 102동 사이의 야외 주차장을 꼼꼼히 조사했다. 모양과 크기가 제각각인 자동차들. 그사이 사이를 하나도 빠짐없이 플래시로 비추었다. 어둡고 후미진 곳에서 굉음의 흔적을 찾아보려 했지만 소용은 없었다. 그곳은 어제와 다름없이 고요했다. 그가 담당하는 구역은 101동부터 103동까지. 첫 번째 동을 순찰할 때 그러했듯 나머지 두 개 동 또한 하나도 빠지는 부분 없이 세세히 살폈다. 그러다 보면 분명히 무언가 잘못된 곳을 찾을 수 있으리라 기대했지만, 실망만 남았다. 올해 겨울은 유독 추웠다. 군청색 모자와 귀마개, 장갑으로 무장을 했지만 파고드는 바람을 피할 수는 없었다. 손의 감각이 무뎌질 무렵 그는 103동의 순찰을 마무리했다.

무탈한 밤. 그것은 경비원에게 반가운 일이었지만, 상철은 자꾸만 찝찝했다. 할 수만 있다면 굉음의 원인을 찾아 완전하게 제거하고 싶었다. 도대체 어디서 나는 소리일까. 깊은 밤의 아파트 단지는 언제 그런 굉음이 있었냐는 듯 조용했다. 미세한 인기척조차 들리지 않은 이 순간. 등 뒤로 점점 식은땀이 차올랐다. 폭발음이 들리는 순간 보다 그의 몸은 더 움츠러들었다. 어둠 속에서 은밀하게 벌어지는 잔인한 일들을 누가 막을 수 있을까. 상철은 자신의 이름표가 달린 두툼한 남색 점퍼를 단단히 여미고, 서둘러 경비실로 복귀했다.

그는 책상에 앉아 근무 일지를 펼쳤다. 특이사항 없음. 매번 적었던 말이지만 이젠 잘 와 닿지 않았다. 스스로 책임을 회피하는 말처럼 보였다. 그는 검은 수성펜을 내려놓고 의자 등받이에 몸을 실었다. 제대로 몸을 펴 누울 수도 없는 비좁은 공간이었지만 그래도 괜찮았다. 살을 에는 바깥의 추위보단 나았으니까. 상철은 책상 너머의 작은 창문을 가만히 바라보았다. 낮 근무를 할 땐 오가는 사람에 따라 풍경이 바뀌지만, 밤에는 까맣고 단조로운 풍경만이 남았다. 그는 지루한 시간을 견디기 위해 책상 위에 쌓여 있는 신문들을 하나씩 펼쳐 읽었다. 신문의 빼곡한 활자들과 전기난로의 강한 열기가 뒤섞이자 점점 몽롱해졌다. 서서히 눈이 감기는 순간, 그는 어떤 환영을 본 것 같은 기분이 들었다. 긴 생머리에 하늘색 원피스를 입은 여자의 뒷모습. 선명하게 떠올랐다 다시 사라졌고 또 나타났다 희미해졌다. 이미 눈을 지그시 감은 상철은 그것이 꿈인지 아닌지 알 수 없었다.

그날부터 시작된 일이었다. 석 달 전, 그 사건이 일어나던 날. 그때 상철은 분명히 그 여자의 뒷모습을 보았다. 이전에 본 적이 있었던가? 경비실에 앉아 있다 보면 오가는 주민들의 얼굴이 어느 정도 낯이 익었다. 그런데 그날 본 여자의 모습은 처음 본 듯 낯설었다. 새로 이사를 온 건가. 단조로운 밤의 풍경을 깨트리는 여자의 모습이 의아했다. 긴 생머리에 하늘색 원피스. 늦은 밤에 어디로 가는 걸까? 잠깐의 호기심이 생겼지만 그 관심이 길게 이어지지는 않았다. 경비원이 관여할 일이 아니었기 때문이다. 대신 책상 위에 쌓인 신문 하나를 골라 읽기로 했다. 사회면에 묻지마 살인이 일어났다는 기사가 크게 실렸다. 옆 동네네. 상철은 기사를 읽다 혼자 읊조렸다. 세상 말세야 말세. 그와 멀지 않은 곳에서 끔찍한 일이 벌어진다는 사실에 혀를 내찼다. 이윽고 문화면과 스포츠면을 읽어 내려갔고 경제면에 이르렀을 때 잠이 들었다.

쾅!

그날 밤, 상철은 틀림없이 그 소리를 들었다. 잠결이었지만 꿈을 꾼 건 아니었다. 분명히 어떤 소리가 났다. 눈을 번쩍 뜬 그는 반사적으로 플래시를 들었다. 굳은 어깨에 힘이 잔뜩 들어갔다. 그는 서둘러 밖으로 나갔다. 담당 구역에서 사고가 나는 것. 생각만으로 도 벌써 골치가 아팠다. 며칠 전, 아이들이 장난삼아 102동 아파트 입구에 던져놓은 돌멩이 때문에 101호 할머니가 넘어진 적이 있었 다. 할머니는 그 탓을 상철에게 돌렸다. 순찰할 때 돌멩이를 치웠 더라면 그런 일이 없었다는 거다. 엄밀히 따지면 상철의 잘못은 아 니었지만 그는 머리를 조아리며 할머니의 화가 풀릴 때까지 사과 를 해야 했다. 다행히 시말서를 쓰는 수준에서 일이 마무리됐지만 하마터면 직장을 잃을 뻔했다. 그런 일을 또 반복하고 싶지 않았 다. 상철은 계속 돈을 벌어야 했다. 폐암에 걸린 아내의 입원비를 대기 위해서. 매달 월급만큼의 병원비가 상철의 통장에서 빠져나갔 다. 밤낮으로 고군분투해야 겨우 메울 수 있는 깊고 커다란 구멍이 매일 그의 뒤를 쫓고 있었다.

101동부터 103동까지. 상철은 의심이 가는 곳을 빠짐없이 플래 시로 비춰보았다. 주로 어둡고 후미진 곳들. 하지만 큰 소득은 없 었다. 무슨 소리였을까? 잠에서 깨어난 그 순간을 떠올려보았다. 곰곰이 생각해보니 비명 같기도 했다. 조금 전 보았던 여자의 뒷모 습이 생각났지만, 아니겠지, 그는 고개를 흔들었다. 101동 화단을 살펴보기 위해 허리를 잔뜩 굽혔다. 도둑고양이의 은신처에도 플래 시를 비추어 보았다. 고양이는 이미 그곳에 없었다. 고양이의 울음 소리였을까. 가끔 고양이들이 날카롭게 싸우는 소리에 놀란 적이 있었다. 103동까지 순찰을 마친 상철은 조금씩 안도하기 시작했다. 매일 똑같은 구역을 제집처럼 맴돌던 그였으므로 수상한 곳을 찾는 일은 어렵지 않았다. 다행히 아무것도 발견하지 못했다. 한마디로 요약하면 특이사항 없음. 모두가 잠든 아파트 단지의 고요한 밤. 그는 분명히 들었던 그 소리를 서서히 믿지 않게 되었다. 스스로에 대한 확신보단 의심을 선택하는 것이 더 익숙하고 마음이 편했다.

상철은 다시 경비실로 돌아가려다 혹시나 하는 마음에 고개를 돌렸다. 발걸음을 옮겨 104동 앞에 있는 경비실을 다가갔다. 상철과 친한 기홍이 비번을 서는 날이었다. 그는 기홍에게 어떤 소리가 들리지 않았냐고 물을 작정이었다. 하지만 경비실 가까이 다가갔을 때, 기홍은 의자에 몸을 기댄 채 완전히 곯아떨어져 있었다. 코 고는 소리가 경비실 밖까지 들렸다. 상철은 고민했다. 깨워야 하나. 고단한 듯 깊이 잠들어 있는 동료를 흔들어 깨우기가 미안했다. 더욱이 상대가 기홍이니. 아내가 처음 쓰러지던 날, 경황없던 상철을 도와준 이가 바로 기홍이었다. 늦은 밤 아무 보고 없이 뛰쳐나간 상철의 빈자리를 기홍이 몰래 지켜주었다. 형님, 걱정 마세요. 제가 다 알아서 처리했어요. 여기 일은 신경 쓰지 말고, 형수님부터 챙겨요. 괜히 이런 일 상부에 보고하면 찍히기밖에 더 하겠수? 우리 사이에 이런 건 다 서로 감싸주고 해야지. 대신 형님도 내가 일 생기면 잘 챙겨주셔. 그날 느꼈던 든든한 동료애는 아직도 상철의 마음을 뭉클하게 했다. 언젠가 기홍에게 진 빚을 꼭 갚고 싶었다. 차마 기홍의 단잠을 깨울 순 없었다. 그래, 이런 날도 있어야지.

상철은 기홍의 구역을 순찰하기로 했다. 104동 현관 앞으로 가 플래시를 비추었다. 아파트의 모양은 같지만 다른 이의 구역은 낯

섬을 느끼기에 충분했다. 자신이 담당한 구역만큼 잘 알 수는 없었다. 우편함과 게시판, 계단의 위치가 미묘하게 달랐다. 상철은 101동부터 103동까지 순찰하는 패턴을 104부터 106동에 그대로 적용해 보았다. 밤이 깊어져 갈수록 고요함은 더해졌다. 어떤 작은 소리도 들리지 않았다. 106동 앞에 다다랐을 때 상철은 머리가 어지러웠다. 플래시 불빛을 오래 본 탓인지, 눈도 침침했다. 경비실을 벗어나 101동의 순찰을 시작했을 때의 의지는 밖에 머물러 있는 동안 어느새 흩어졌다. 고요함이 쌓아 올린 피로는 상철을 의심하게 만들었다. 정말 내가 그 소리를 들은 게 맞나? 헛것을 들은 것 아닌가? 주위는 쥐 죽은 듯 조용했기 때문에 상철은 있는 그대로를 믿을 수밖에 없었다. 따지고 보면 이런 날은 흔했다. 어떤 소리를 듣고 혹시나 하는 마음에 가까이 다가가 봤지만, 아이들의 장난에 불과했던 허탈한 순간들. 상철은 오늘도 그와 다르지 않을 거라 믿으며 다시 경비실로 돌아왔다. 밤새도록 자신이 지켜야 할 그 자리로.

피곤한 몸으로 털썩 의자에 앉자 상철은 노곤해졌다. 그리고 그 후의 일은 잘 기억에 나지 않았다. 깜박 잠이 든 것 같기도 하고. 다시 신문을 읽은 것 같기도 하지만 그건 추측에 불과했다. 기억이 까맣게 지워져 버렸기 때문이다. 그저 머릿속에 남아 있는 건 104동과 106동 사이를 자신의 구역과는 다르게 다소 허술하게 돌았다는 사실. 특히 106동 주변을 제대로 보지 못했다는 것. 그 순간만큼은 지워내려 해도 지금까지 선명하게 남아 있었다.

그날 상철은 밤샘 근무를 끝내고 새벽녘 집으로 돌아갔다. 오전

내내 잠을 자고 다시 저녁에 교대 근무를 나갔을 때, 그는 아파트 단지 안에 무언가 달라진 기운을 느꼈다. 무엇 때문일까. 상철은 경비실의 문을 열었다. 그곳에서 낮 근무를 했던 영배가 어두운 표정으로 그를 맞이했다.

"무슨 일 있어?"

상철이 묻자 영배는 엄청난 비밀 이야기를 하려는 듯 빠르게 경비실 문을 쾅 하고 닫았다.

"형님. 오늘 난리도 아니었어요. 글쎄. 106동 근처에서 누가 죽어 있었잖아요. 아침에 경찰차 오고 장난 아니었어요. 젊은 여자인데 너무 안됐어요. 누가 칼로 찌르고 도망갔대요. 그 묻지마 살인 그런 건가 봐요. 근데 빨리 발견했으면 살았을 수도 있다는 거예요. 어제 그 구역 담당이 기홍이 형님이었잖아요. 지금 기홍 형님 모가지 날아가게 생겼어요. 이런 말 좀 그렇지만, 우리 구역이 아니기에 망정이지. 생각만 해도 끔찍해요."

"아니, 기홍이 무슨 죄가 있어?"

"죄는 없지만, 원래 그렇잖아요. 누구 하나는 책임을 져야 하잖아요. 기홍 형님이 운이 없는 거지. 형님. 근데 어젯밤에 무슨 소리 같은 건 전혀 안 들렸어요? 기홍 형님은 아무것도 못 들었다는데..."

상철은 아무 말도 할 수 없었다. 새벽 2시. 어떤 소리가 들렸다는 것. 그 소리를 듣고 잠에서 깼다는 것. 소리의 원인을 찾으려고 순찰을 했다는 것. 기홍을 깨우지 않았다는 것. 기홍을 대신해 허술한 순찰을 했다는 것. 때로는 침묵이 간절해지는 순간이 있는데,

상철에게는 이날이 그랬다. 영배가 떠난 뒤, 상철은 밤새도록 생각했다. 지난밤의 일을 지금의 일처럼 떠올려보았다. 그 안에서 자신이 바꿀 수 있던 순간이 있었을까. 106동 앞으로 향하던 자신의 모습이 선명하게 떠올랐다. 무언가 바뀔 수도 있다는 생각이 들었지만 상철은 애써 외면했다. 그런다고 해서 지금 달라지는 건 아무것도 없었다. 영배의 말이 떠올랐다. 누구 하나는 책임을 져야 한다는 그 말. 상철은 자신에게도 책임이 있다는 걸 잘 알고 있었다. 어쩌면 기홍보다 더 큰 책임일 수도. 하지만 책임진다는 건 상철이 입고 있는 남색 점퍼를 벗어야 한다는 뜻이었다. 그것은 곧 아내의 병원비를 낼 수 없게 된다는 뜻이기도 했다. 둘 중 하나가 책임을 져야 하는 일이라면, 그것이 자신이 되지 않기를 상철은 간절히 바랐다.

여자는 죽었고, 기홍은 떠났다. 이미 저질러져 버린 일이었다. 형님, 정말 아무 소리도 못 들었어요? 순찰할 때 나 좀 깨워주지 그랬어요? 너무 억울해요. 이제 나 어떡해요. 형님. 아파트를 떠나던 날 기홍의 울먹임은 한동안 상철의 곁에 들러붙어 있었다. 상철이 나선다고 달라지는 건 아무것도 없었다. 하지만 그날부터 무언가 달라졌음을 느꼈다. 새벽 두 시만 되면 그의 귀에 엄청난 폭발음이 들리기 때문이었다. 그 시간만 되면 그날 보았던 여자의 뒷모습이 눈앞에 아른거렸다. 며칠 새 그 소리가 반복되자 상철은 귀를 틀어막으며 기홍이 앉아 있던 106동 앞 경비실로 달려갔다. 그곳에는 기홍을 대신해 새로 온 경비원이 앉아 있었다. 상철은 그에게 방금

전 엄청난 소리를 못 들었냐고 물었다. 경비원은 무슨 소리냐며 고개를 저었다. 이튿날도, 그다음 날도, 소리는 반복되었다. 새로 온 경비원의 대답은 한결같았다. 아무런 소리도 듣지 못했다는 것. 그는 허탈한 마음으로 다시 자신이 지켜야 할 경비실로 돌아갔다. 반복되는 일은 사람을 무디게 만들었지만, 그 소리만은 예외였다. 다만 그는 더 이상 새로운 경비원에게 소리에 대해 묻지 않았다. 어느 순간, 그 소리는 오직 자신에게로만 향할 수도 있다는 걸 알았기 때문에.

겨울밤은 점점 길어졌다. 상철은 자다 깨다를 반복하며 긴 밤을 홀로 버텨냈다. 그날의 소리는 내일 또 들릴 것이며, 상철은 그때마다 가슴을 쓸어내릴 수밖에 없을 것이다. 이젠 어쩔 수 없는 노릇이었다. 그날의 장면은 그의 앞에 매일 반복되었고, 뒤늦게 상철이 할 수 있는 일은 거의 없었다. 그저 창밖을 스쳐 가는 여자의 환영을 보지 않기 위해 의자 깊숙이 몸을 파묻는 일밖에는. 그는 애써 감은 눈을 뜨고 싶지 않았지만, 새벽녘 칼바람이 녹슨 문을 마구 두드렸다. 상철은 마침내 자리에서 일어나 경비실 문을 더욱 굳게 닫고 난로의 열기를 높이 올렸다. 그리고 자신의 이름이 새겨진 남색 점퍼를 더욱 단단히 여몄다. 남아 있는 근무 시간 동안 거세게 불어오는 찬 바람을 조금이나마 막을 수 있도록. 군데군데 낡은 남색 점퍼를 꽉 여미며 상철은 의자 깊숙이 몸을 파묻었다.

어느 날 사라진

크리에이터 잘먹남

송형진

B : 변수 발생 실험체가 발견됐습니다. 7369b＊＊3657 회수할까요?

A : 상실변수를 관찰하는 팀을 만들어야겠어요.

C : 상실변수가 너무 큽니다. 이런 괴로움을 극복해야 한다면 우리가 살기에 부적합한 곳 아닌가요?

A : 아직은 섣부릅니다. 상실 후 적응도를 살펴봅시다. 우리에게 현재 환경 적합도가 이만큼 높은 행성을 또 찾을 수 있을까요?

B : 그렇다면 개입할까요?

A : 아니요. 우리는 일단 관찰만 하도록 하겠습니다.

C : 지구인의 삶을 감당하는 것은 잔인합니다. 그들은 숨 쉬면서

도 멈출 수 있다는 것을 모릅니다.

A : 우리의 임무를 기억합시다.

안녕. 잘먹남이야. 오늘은 이거, 이게 뭐야? 얼룩제거제네. 이거 먹을게. 나빼고다먹어님, 고맙습니다. 내가 또 예의가 발라. 오는 게 있으면 존대를 해 줘야지. 왜 플라스틱은 안 먹냐고? 미세플라스틱은 너네들도 다 먹고 있어. 일주일에 신용카드 한 장씩 먹는 거 모르냐! 난 먹으면 죽는 것, 죽을 것 같은 것, 그런 걸 먹는 거고. 그니까 친환경 그런 거는 추천하지 말고. 독극물. 좋다. 그런 거. 알려지지 않아서 구할 수 있는 거. 그런 거 중에서 추천을 해. 누구야! 야!

여기 어디야? 나 죽어요?

사실 저는 무엇이든 잘 먹어요. 뭘 먹어도 아무렇지 않으니까, 잘 먹는다고 해도 괜찮겠지요? 초능력이라고요? 평범한 건 아니니까 그렇게 말해도 되겠네요. 이 능력이 언제부터 생긴 건지는 몰라요. 일곱 살 때 그네에서 떨어진 후에 생겼을 수도 있고, 태어날 때부터 있었을 수도 있어요. 운동장에서 모래를 조금씩 집어 먹거나, 작은 개미를 입에 넣어 톡톡 터트려 먹을 때도, 꽃잎이나, 연한 잎을 따 먹어도 괜찮았으니까 여하튼 어릴 때부터 이 능력이 있었나 봐요. 그건 누구나 먹을 수 있는 거라고요? 그렇긴 하죠. 진짜 제 능력을 알게 된 건 다른 걸 먹었을 때니까. 유전? 물려받았냐고요. 아닐 겁니다. 저만 그 능력이 있거든요. 도휘는 엄마, 아빠 가슴으로 낳았어. 그 말이 내가 슈퍼맨처럼 문 앞에 놓여진 아이였다는 뜻이었어요. 부모님은 좋은 분이었어요. 동생이, 그러니까 친자식이 생긴 후에도 그러니까, 입양이나 친자식이나 구별 없이 키웠죠. 구별 없이 당신들의 똑같은 자식이라고 생각했습니다. 확신해요. 우리는 같은 것을 먹었으니까요. 그날도 그랬잖아요. 몰랐어요? 모든 것을 다 알고 있는 줄 알았더니만. 비꼬는 건 아닙니다. 그러니까 어디부터 이야기할까요. 유전은 아니라는 말이지요. 친척 중 저 같은 사람은 없을 거라는 말입니다. 물론 제 혈육은 알 수 없다는 말이고요.

B : 7369b**3657 회수할까요?

C : 진작 회수했어야 합니다. 인간은 이렇게 잔혹하고, 끈질깁니다. 우리 정체를 알기 전에 회수해야 합니다.

A : 좋은 기회일 수도 있지요. 저 정도 핵심 기관까지 진입한 실험체는 처음이지요?

B : 그렇습니다.

A : 인간에 대해 더 많은 것을 알 수 있는 기회입니다. 그들의 기술이나, 우리가 모르고 있는 무엇이 더 있을 수도 있습니다.

C : 7369b**3657가 겪는 고통과·혼란은 우리에게 필요 없는 것입니다.

A : 인간과 공존해야 한다면요? 이 기회를 통해 그 가능성을 살펴봅시다. 가장 중요한 것일 수도 있으니까요.

그날 엄마가 딸기를 우유에 갈아줬어요. 아빠와 엄마, 나와 동생까지. 엄마가 만든 딸기 우유는 내가 참 좋아하는 건데 그 봄에는 한 번도 만들어주지 않았었죠. 아빠가 언제부터인지 집에 안 들어왔는데, 엄마가 안방 문을 잠그고 들어가 저녁밥을 안 주기도 했어요. 그러다 아빠가 들어왔는데 얼굴에 수염이 그렇게 많이 있는 건 처음 봤어요. 아빠는 손에 봉지를 들고 있었어요. 아빠가 뭘 사 온 게 너무 오랜만이라 내가 재빨리 뛰어가서 봉지를 받았어요. 무거워서 두 손을 어깨까지 치켜들고 식탁 위에서 물건들을 꺼내 놓았어요. 향긋한 딸기와 고소한 우유, 푸른색 병이 하나 들어 있었어요. 나는 우유와 딸기를 냉장고에 넣고 푸른 병은 어찌하나 물었습니다. 아빠와 엄마는 대답해 주지 않았어요. 엄마는 딸기가 싫은지 우유가 싫은지 푸른 병이 싫은지 아빠를 쏘아보더니 안방으로 들어갔어요. 아빠가 식탁 위에 있던 푸른 병을 들고 젓가락으로 안방 문을 따고 들어갔는데요, 아빠가 엉엉 우는 소리가 났거든요. 나는 동생을 데리고 소꿉놀이를 하자고 방으로 들어갔어요. 내 동생은 내가 울면 울거든요. 아빠 울음소리가 너무 커서 나도 울 것 같았거든요. 엄마, 아빠는 내가 놀이에 빠진 줄 알았겠지만 사실 방 밖에서 무슨 소리가 들리는지 문틈에 귀를 대고 있었어요. 아빠 울음소리가 그쳤고, 잠시 후에 믹서기 가는 소리가 들렸습니다. 소리가 멈췄을 때 얼른 동생 옆으로 가서 플라스틱 칼 하나를 집어 들었어요. 찍찍이로 붙어있는 당근, 양파, 감자를 작은 도마 위에 올려놓고 자르고 붙이고 자르고 붙였어요. 금방 나오라고 할 것 같았는데 한참이나 칼질을 반복하고 나서야 아빠가 큰 소리로 우리를 불렀습니다. 식탁 위 예쁜 컵에 컵받침을 해 놓은 딸기우유 네 잔이 의자 앞마다 놓여 있었어요. 아빠는 식탁 의자로 뛰어가는 동생을 붙잡고 꼭 안았어요. 엄마는 나에게 제일 좋아하는 옷으로 갈아입자고 했고요. 그러고 보니 아빠는 수염 없는 얼굴이 되어 있었고, 엄마는 파란 큰 꽃이 그려진 하얀 원피스를 입고 있었어요. 나는 미니특공대가 그려진 티셔츠와 바지를 세트로 입었고, 동생은 엘사가 그려진 하늘색 드레스를 입었습니다. 옷을 입고 나와 다시 폴짝 폴짝 뛰는 동생에게 아무도 뭐라고 하지 않았어요. 아빠는 다시 동생을 나를 엄마는 나를 동생을 아빠는 엄마를 나는 동생을 안았어요. 얼마나 세게 안았는지 숨이 막혀 죽는 줄 알았다니까요. 그랬으면 좋았을걸. 그런 생각도. 아니 초능력 이야기를 해야지요. 아빠는 딸기우유 한 잔을 마시고 나가자고 했어요. 그게 다예요. 그런데 나는 그걸 다 보고, 다 보고, 아빠를 보고, 엄마를 보고, 동생을 보고. 나는, 나만 같이 가지 못했어요.

그 후로 뭐든 먹어 봤죠. 죽는다는 걸. 그런데 멀쩡해요. 세제도 먹고, 시골에 가서 농약을 훔쳐도 먹고, 버섯도감을 사서 경남 고성에 있는 산도 탔는데요. 뭐든 먹었어요. 잘 먹었어요. 아무 일도 일어나지 않으면 잘 먹는 거 아닙니까. 검사를 해도 좋고요, 뭐 약을 먹여도 좋습니다. 저도 먹고 갔으면 좋겠어요. 그래야 우리 엄마, 아빠, 동생이랑 같이. 같이 살고 싶어서 그래요.

A : 7369b**3657는 어떻게 됐습니까?

B : 생명 유지 중입니다.

C : 일반적인 지구인으로 볼 수는 없습니다. 우리의 능력을 너무 많이 사용하고 있어요. 이런 식이면 정체를 들키는 건 시간 문제입니다. 지금이라도 회수해야 합니다.

B : 하지만, 생명 유지 중입니다.

A : 가장 중요한 건... 그거지요. 우리는 유지할 수 있지만, 지구인은 유지할 수 없는 물질. 그 물질들이 하나씩 수집되고 있다는 것입니다.

C : 지구인과 공존할 수는 없습니다. 그들은 평화로워도 동족을 실험하고 있어요. 생명을 앗아갈 수도 있는데 말이지요.

A : 네. 지구인과는 공존할 수 없습니다. 이번 자료는 아주 중요하게 사용될 것입니다. 이렇게 보고 하는 것에 동의하십니까.

C : 동의합니다.

B : 동의합니다. 보고하도록 하겠습니다.

생명

노
아

캄캄한 밤 기차가 달린다. 창밖에 역사 불빛이 휙휙 스쳐 지나간다. 정류장을 그냥 통과한다. 졸면 안 된다. 어디서 내릴지 모른다. 기차가 정차할 때면 많은 병사가 내렸다. 처음 보는 역들이다. 방향은 부산이다. 비몽사몽 간다.

부산 종착역이다. 나는 비가 부슬부슬 내리는 역사 밖에서 군용 트럭을 탔다. 트럭은 시원한 새벽 공기를 마시며 시내를 관통해 외곽으로 갔다.

고등학교는 졸업해야 한다는 어머님의 신신당부에 S 공고 기계과를 중퇴하지 않고 졸업했더니 총기 수리병이 되었다. 1985년 오월에 논산에 입영해서 신병 교육 후 부산에서 총기 수리 교육 6주 교육을 수료했다. 어두운 바다 밤, 끈적끈적한 공기에 헉헉거리며 끝없이 북쪽으로 달리는 기차를 탔다. 군인 다섯 명과 함께 나는 성북역에 내려 군용 트럭을 탔다. 먹물로 입힌 트럭이 텅텅거리면서 하염없이 달려갔다. 별은 말똥말똥한데 나는 엉덩이만 아팠다.

트럭은 언덕을 넘어 산속 아슬아슬한 뿌연 안개를 헤치고, 해골 바가지 밑에 뼈다귀가 X로 된 지옥의 문 같은 방어문에 빨려 들어간다. 전방 철책 안으로 들어가는 것일까? 굽이굽이 산 등을 타고 구름 위로 올라가니 새벽 해가 쫓아와 00사단 보충대 부대 뒤로 그림자가 진다. 민통선 마을인가? 들판을 지나 강가 건너에 마을이 보인다. 길가 '신수리'라는 이정표를 스쳐 가니, 산속 큰 냇가를 끼고 100여 채 집들이 듬성듬성 보이는 마을 입구에 2차선 도로가 나온다. 길가에 슈퍼 가게, 다방, 술집, 식당, 여관 등이 나란히 양편에 있고, 중심부에 시외터미널과 넓은 시외버스 주차장이 있다. 그 뒤로 십자가 건물이 보인다.

마을을 지나가니 큰 개천 다리 건너 논밭들 끄트머리에 정비중대 부대가 있다. 부대 입구에 들어가니 군인이 "백~~~고~~ㄹ~" 소리친다. 진입로 좌측은 차량수송대, 우측은 차량정비소와 창고가 있다. 직진하니 본관이 있고 좌측에 행정실, 우측에 식당이 있다. 본관 앞, 넓은 연병장 좌측에는 막사 두 동, 우측에는 창고형 사무실이 몇 채 있다. 연병장 앞에는 철책 담과 시냇가 경계를 넘어, 넓은 논을 무대로 허수아비가 춤을 추고 한 귀퉁이에 시골집이 띄엄띄엄 박혀 있다.

한꺼번에 신병 다섯 명이 배속받은 총포 소대에는 병장들이 많았다. 한 달 사이에, 키가 크고 덩치가 좋은 대전 신병은 부대 입구를 지키는 위병으로 갔고, 눈치 빠른 서울 약수동 양아치 친구는 군용품을 관리는 보급소대 행정원으로 갔다. 나와 손 빠른 전주 병사 그리고 힘 좋은 울산 친구와 함께 세 명이 총포 소대에 남았다. 사단 내 소형권총부터 박격포까지 수리하는 기술을 배웠다. 고치기보다는 부품교환이 많은 업무를 시작했다.

월남 참전한 분으로 퇴역 준비 중인 준위가 소대장이지만, 실제 관리는 상사가 주관했다. 상사는 작은 키에 덩치가 좋은 데다가 얼굴이 크고 눈이 매서워 보이며, 우뚝 솟은 매부리코로 입이 작고 입술이 두꺼웠다. 항상 모자챙을 일자로 빡빡하게 써 이마 위로 세워 쓰고 생활하며, 동작이 느리고 말이 없으며 어눌하지만, 잔머리가 잘 돌아 임기응변이 좋고 손놀림이 매우 빨랐다.

소대 군인들은 기상과 동시에 매일 화물트럭 같은 군용 탑차를 타고 사단 지역 전방 부대에 순회 출장을 갔다가 저녁쯤에 복귀했다.

소대 상사는 아침에 소대 병사들과 부대에서 출발하여 사단에 속한 부대에 도착하면, 그 부대 중사가 가져온 고장 난 총기류를 소대 병사들에게 수리를 지시했다, 가끔 상사는 그 부대 관리상사와 바둑을 두며 이런저런 군 생활 이야기를 할 때가 있었다. 매번 바둑을 지고 어쩌다 한번 이겼다.

성격이 급하고 승리욕이 엄청 강한 상사는 바둑에서 지면 흥분하여 씩씩대고 욕을 하였다. 상사는 우연히 내가 바둑을 잘 두는 것을 알았다. 나도 가끔 군에서 바둑을 두어 보니 군 바둑은 동네바둑 수준으로 모두 싸움 바둑이었다. 나는 형들에게 바둑을 배웠고, 바둑책을 읽기도 했다. 군 싸움 바둑은 바둑이론 책을 이길 수가 없었다.

소대 상사는 내가 바둑을 이기면 매우 좋아하여 내가 병장으로 진급할 때까지 바둑을 두게 하였다. 시간이 어느 정도 지난 후에는 출장 간 그 부대 군인과 점심 내기 바둑으로 해서 이기면, 같이 온 트럭에서 일하는 부대원 몫까지 식사 대접받았다. 나는 가끔 져주고도 싶지만, 그날은 선임한테 일도 안 하고 대접도 못 받아왔다고 매 맞기 때문에 무조건 이겨야 했다. 상대방 군인이 몇 점 깔고 점 바둑을 두어도.

나는 논산에서 부산 갔다가 철원부대에 오는 동안 육 개월이 지나, 정비부대에 배치받은 지 한 달 만에 일병으로 진급했다. 신병 시절에는 축구도 잘하고 노래도 잘 불러 부대원들이 좋아하여 군 생활에 잘 적응했다. 하지만 어린 시절 집에서는 허약한 아들이라고 일을 시키지 않아 실생활 현장 일을 잘하지 못했다. 고등학교 S 공고는 선후배에게 우등생으로 인정받았지만, 나는 적응을 못 하고 트라우마만 생겼다. 나는 손재주가 없어 그 흔한 자격증 하나 취득하지 못했다. 졸업 후 병역 신체검사에서는 눈이 안 좋아3급으로 방위로 판정받았다. 하지만 대학 입학 후 군 연장이 안 되어 입영하게 되니 현역으로 판정받았다. 이상한 일이었다.

군부대에서는 잡다한 사역 일이나 민간 지역 봉사에 지원하는 일이 자주 있다. 이등병 시절 가을 추수 봉사로 대민 지원을 나갔을 때, 나는 논에서 벼를 처음 보고는 농부에게 "이것이 벼나무인가요'"했다가 주변을 웃음바다로 만들었다. 부대에 복귀 후 상병 선임에게 무식하다고 맞았다. 장마철에는 부대 근처 마을대로 도로보수 공사를 지원 나갔다. 산에서 흙을 파서 파손된 도로를 정비하는 일이었다. 다른 사람들은 흙을 앞으로 모아 두고 있을 때 나는 삽질을 잘하지 못하여 흙이 뒷사람에게로 날아가서 상병 선임한테 졸라 욕먹고 맞았다. 그 후 일을 잘하는 시골 출신들은 나를 무시하고 고문관으로 불렀다.

힘든 신병 생활이 지나가고 병장으로 진급하니 내무반 생활은 편해졌지만, 선임 병장들이 모두 제대하고 신병이 오지 않아 총기 소대 업무가 바빠졌다.

엄청나게 내리던 장맛비가 점차 소강상태로 접어들던 날이었다. 자욱한 안개에 부슬부슬 비가 내려 비포장 길이 더욱 미끄럽고 위험했다. 굽이굽이 거센 물살이 내려가는 냇가를 따라 대남방송이 들리는 철책 근처 전방 부대에서 많은 녹슨 총기류를 수리했다.

상사도 장교가 사용하는 권총을 고치고, 동기 병장은 능숙하게 많은 총을 빠르게 수리했다. 부대 온 지 몇 개월도 안 되는 운전병 일병도 총기 수리를 잘했다. 나는 일이 서툴러 점심밥 대신 욕만 엄청나게 먹고 헤매면서 간신히 일했다.

상사는 총포 수리할 때 예민해서 일을 잘못하면 공구나 부품 등 손에 잡히는 대로 집어 던졌다. 어느 정도 총기류들 수리가 거의 마무리되어 가고 저녁 식사 때가 다 되어 갔다.

그때 갑자기 땅! 탕! 땅! 총소리가 들렸다.

에에~~~엥 사이렌 소리가 울리며 5분대기조가 출동하고, 네 명의 병사가 탑차를 앞뒤 좌우로 배치하여 우리를 보호했다. 오전에 병기를 수리하고 갔던 병사가 자살한 것이다.

부대가 어수선해졌으며 우리는 자대로 철수하였다. 날은 점점 어두워지고 비는 거세게 몰아치며 화생방 훈련 때 나오던 독가스 같은 안개로 앞은 잘 안 보였다. 냇가에 물이 넘쳐 비포장도로는 파손되어 위험한 길을 상사가 직접 운전하기까지, 나는 탑차 안에서 일을 못 한다고 상사한테 졸라 맞으며 부대에 왔다. 제대 몇 개월 앞두고, 나는 병장 계급으로 진급하고도 맞으니 너무 비참하여 잠을 잘 수가 없었다. 마침 온다던 신병 두 명이 저녁 늦게 부대에 왔다.

다음 날 아침 소대 사무실에서 나는 몸이 아파서 부대 출장을 못 간다고 했다. 상사는 꾀병이라고 의심하며 나를 구타했다. 상사는 솔직하게 말을 하라고 소리쳤다.

"사람 죽이는 기계를 못 고치겠습니다. 다른 소대로 보직을 바꾸어 주세요."

나는 죽을 각오로 대답했다.

저런 놈이 어떻게 군대에 왔냐고 상사가 소리치고, 군사경찰을 불러 영창을 보내겠다고 협박하면서 차량정비소 창고에 감금했다. 온종일 몸도 아프고 초조했다. 오후 일찍 부대 출장에서 복귀한 소대 상사는 제대 몇 달 남지 않았으니 참고 업무에 복귀하라고 나를 달랬다. 그렇지 않으면 영창을 보내겠다고 협박했다.

나는 뜻을 굽히지 않았다. 상사는 내일 군사경찰이 올 것이라고 하며, 나를 야간 경비 근무에서 제외하고 내무 행정실 앞 보급 창고에 감금했다. 온종일 부대에 내리던 장맛비는 멈추었고, 어두워지자 날씨가 맑아지면서 둥근 보름달이 환히 연병장을 비추는 긴 긴밤이 지나갔다. 그 밤에 나는 창고에서 지나온 군대 생활을 생각했다.

정비중대 부대에서 일요일 종교행사를 진행할 때 우리 부대원들은 마을로 외출하여 활동했다. 종교시설이 신수리 마을에 있기 때문이다. 나는 입대 후 불교에 입문했다. 군에 오기 전에 나는 서울 강북지역 가난한 산동네 작은 교회에서 신앙생활을 했다. 그때 목사는 큰 교회로 성장하려는 욕심으로 교회 모든 재산을 가지고 교회를 강남지역으로 이전하였다. 그동안 헌금하고 봉사하던 집사들 중심으로 목사의 의지를 막고 교회 재산을 지키려 했지만, 소용이 없었다. 너무 황당하고 억울했다. 그런 신을 믿지 않겠다고 불교로 개종했다.

병장 진급할 때까지 2년 정도 사단 법당에 다녔다. 일병 때 열심히 활동하여 108번 절하고 법광(法光)이라는 법명도 받았다. 중대 군종으로 부대 보직을 유지하면서 부대 내에서 법당 종교행사 업무를 보조하고, 사단 법당 군종을 도우며 법회를 안내했다. 사단 법사는 동국대 대학원 출신으로 법문이 사변적이고 화려했으며 인연설과 팔정도를 기초로 공(公), 무(無)사상을 설법했다. 법당 군종은 눈치가 빠르고 화술이 좋았다. 하지만 군대에서 종교행사는 병사들 정신 수양과 심신 안정에 중심을 두어, 불교의 평등사상과 생명 사상을 실천하기에는 한계가 있었다.

석가탄신일 행사에 법당을 지원하는 대령이 늦어 법회가 잠시 중단되는 소동이 있었다. 보이지 않는 부처보다 보이는 계급이 더

높았다.

"지심~~귀명래 관세음~보살 관~세음~보살 상주일체~~~."

일요일 저녁 예불을 마치고 뒷문으로 나와 언덕길을 내려왔다. 발소리에 멍멍 개 짖는 소리가 날아오고 그 소리에 닭들도 꼬꼬댁 꼬꼬 울어댄다. 어느 집 마당에서 잣나무를 태우는지, 타는 냄새가 스멀스멀 바람 곁에 피어오른다. 논두렁 샛길로 들어서니 일그러진 달빛에 어둠이 눈에서 사라진다. 하늘에는 구름 한 점 없고 넓은 논으로 별들이 쏟아져 내린다. 물빛에 벼들이 반짝이면서 잔잔한 바람에 머릿결이 휘날린다. 전봇대보다 큰 느티나무를 지나가자, 소쩍새가 울어 개구리가 깜짝 놀라 우는 어둠 속에 멀리 부대가 보인다.

부대 뒷문 개울가 건너편 북쪽 산 중턱 마을 초입 부근에 쓰러져가는 폐허가 같은 유일한 가게다. 나는 가게에 들어가 주인 여자에게 법당에서 보내준 떡과 과일을 전달할 때, 사랑채 방에서 라면에 맥주를 먹던 부대 내무반 행정 중위를 보았다. 주인이 떡과 과일을 사랑채에 가져와 나를 불러 중위와 함께 술판이 벌어졌다.

중위는 J대 학사장교 출신으로 제대가 몇 개월 남지 않은 나와 비슷한 또래였다. 그는 내 신상 파악을 잘하고 있었다. 입학만 하고 온 기독교재단인 H 대학을 알고 있었다. 특히 그 대학 출신 교수가 북한에 갔다가 와서 TV에 방송되기도 한, 유별난 대학을 의식이 있는 학교로 인정하는 것 같았다. 중위는 마을 민간인 교회에 봉사 중인데, 자신을 대신하여 나에게 그 봉사를 부탁했다. 나는 과거 교회 여러 부서에서 활동하여 어떠한 봉사도 가능하여 수락

했다. 부대에서 외출 허락 문제는 중위가 해결하기로 했다. 중위가 맥주를 몇 병 더 먹고 주인 여자에게 노래를 부탁했다. 40대 초반 날씬한 주인 여자도 술에 취하였다. 그녀는 목포 출신으로 서울 화류계에서 출발하여 변두리로 밀려 여기 막장까지 왔다고 한탄하며 노래했다.

우리는 수요일 밤 부대 중위와 민간교회에 가서 성가대 찬양하고, 예배 후 아까시나무가 많은 교회 마당으로 나왔다. 나를 인도한 부대 중위가 성가대 지휘자 중사에게 나를 소개했다.

중사는 몸이 삐쩍 마른 대나무같이 키가 커 보였다. 얼굴은 하얀 달걀형에 머리카락이 상고머리인 장교 머리카락보다 길어 이마가 보이지 않았다. 눈썹이 일자로 찢어진 눈이 날카롭고 매섭게 보이면서, 볼때기에는 짙은 갈색 흉터가 있었다. 코는 작았는데 콧구멍이 크고 벌렁거리면서 입꼬리가 올라간 것이 조금은 웃기게 보였다. 하지만 인상을 쓰면 험하게 보이는 중사는 젊은 여자 성가대원에게 한눈팔지 말라고 나에게 말했다.

교인들은 군인 말고는 거의 여자와 노인들이고 그중에 젊은 여자는 몇 명 없었다. 작은 키에 대머리 위로 창이 조금 나온 빵모자를 쓴 목사님이 인자한 미소를 지으며 다가와 인사했다.

중위와 나는 마을을 벗어나 부대로 갔다. 어두운 논두렁 길을 지날 때 중위가 말했다.

"이 상병 성가대 지휘자, 보안대 중사야. 교회 활동은 지휘자가 책임지고 돌봐 줄 거야. 그리고 너, 관심병인 것 알지. H대 출신은 조심해야 한다. 특히 좌파 성향 출신 대학생들은 군 생활에서 더 조심해야 한다."

나는 학교 입학만 하고 두 달 동안 대학 출석하다가 입영했는데도, 해당되는 것 같았다. 하긴 입영 날짜가 갑작스럽게 나온 것이 이상했다. 부대에 와서는 절에 갔다가 교회 갔다고 선임한테 졸라 맞았다.

신수리 마을 젊은 남자들은 모두 서울로 떠나 노인과 여자들만 있어 마을교회에서는 군인들의 도움이 필요했다. 특히 어린이와 청소년들 교육과 교회 건물 유지보수에 남자 도움이 절실했다.

나는 교회에서 주일 오전에는 성가대 찬양을 하고 점심 식사 후 오후에는 청소년부 교사로, 저녁 예배 때도 성가대로 봉사했다.

교육부실에서 청아를 처음 보았다. 교육부장에게 인사하러 교육부실에 들어갈 때 그녀는 소란스러운 아이들에게 소리치고 있었다.

"얘들아, 조용히 해. 야, 너는 뛰지 말고 가만히 좀 앉아 있어!"

"저, 교육부장님 계시는가요?"

"잠깐 자리 비우셨어요. 이번에 교사로 오시는 군인 아저씨인가요?"

"네. 처음 뵙겠습니다."

"초등부와 중등부 애들 가르치시면 돼요."

"얘들아. 학생들은 여기로 와. 선생님 새로 오셨다."

아이들은 십여 명이었지만 가만히 있지 못해 어수선했다. 나는 아이들에게 인사를 하며 학생들과 대화를 시작했다.

"창문에서 불어오는 이 냄새는 무슨 냄새인가요?"
"마당에 있는 아카시아꽃 향기요."
"아. 그렇군요. 아카시아꽃 꽃말이 뭐였더라?"
"아름다운 우정, 품위, 청순한 사랑이요."

중학생으로 보이는 빨간테 안경을 쓴 여학생이 말했다.

"비밀스러운 사랑도 있어요."

지켜보고 있던 청아가 한마디 더 추가했다.

"아. 많은 의미가 있군요. 그럼. 오늘 우리도 비밀스러운 사랑 이야기해 볼까요."
"네, 좋아요."

아이들이 호기심으로 조용히 귀를 기울였다.

"그럼, 구약성경 아가서 4장 9절에서 12절까지 누가 읽어 볼까요?"
"나의 누이, 나의 신부여, 나는 넋을 잃었다. 그대 눈짓 한 번에 그대 목걸이 하나에, 나는 넋을 잃고 말았다. 나의 누이, 나의 신부여, 그대 사랑 아름다워라. 그대 사랑 포도주보다 달아라. 그대가 풍기는 향내보다 더 향기로운 향수가 어디 있으랴!"

아이들이 수군거리기 시작했다. "성경에 이런 글도 있었어."

"하나님은 누구일까요? 신약성경 요한 1서 4장 16절에 이런 말씀이 있어요. 하느님은 사랑이십니다. 사랑 안에 있는 사람은 하느님 안에 있으며 하느님께서는 그 사람 안에 계십니다.
여러분도 서로 사랑하세요. 알겠죠. 사랑하는 사람은 어떻게 살까요?"
"싸우지 않아요. 미워하지 않아요."

아이들이 저마다 한마디씩 소리쳤다.

"항상 기뻐하라. 쉬지 말고 기도하라. 범사에 감사하라. 이것이 그리스도 예수 안에서 너희를 향하신 하나님의 뜻이니라. 신약성경 데살로니가전서 5장 16절에서 18절 말씀입니다. 사랑하는 사람은 기뻐하고 기도하고, 감사하는 겁니다. 기도는 서로 대화하는 겁니다. 알죠. 오늘 외울 말씀 데살로니가전서 5장 16절에서 18절입니다. 말씀 외운 사람은 자유시간입니다."

아이들은 놀고 싶다고, 교회 마당에서 공놀이를 하거나 식당에서 탁구를 하자고 했다. 나는 아이들과 잘 놀아 주어 아이들이 재미있어하고 즐거워했다. 이후 아이들은 학교 선생님이나 부모 말은 잘 듣지 않고 반항하여도, 내 말은 잘 따르고 순종했다. 교인들은 아이들과 잘 어울려 주는 좋은 교사가 왔다고 나를 좋게 보았다.

부대 중위는 제대하고 나는 계속 민간교회에서 봉사하던 중, 추수감사절 부흥회가 사흘 동안 진행되었다. 마지막 일요일 저녁 집회가 길어졌지만, 예배당 앞 설교 단상 옆에 성가대 자리가 있어서 나는 교회에서 나올 수가 없었다.

점호 시간을 지나 부대 복귀하면, 부대 규정은 탈영병으로 처리하였다. 부대는 조용했지만, 내무반에 들어가자마자 선임병들이 나를 구타했다. 내무반 복도를 사이를 앞뒤 왕복으로 지나가며 무차별하게 맞아 나는 정신을 잃은 것 같았다.

오늘 내무반 반장은 평소에도 눈엣가시처럼 나를 매우 싫어하는 조 병장이었다. 내가 소대 업무 일을 못 하여 일 년 동안 내 일을 대신했고. 술만 먹고 잠들면 주위 병사를 더듬는 소대 선임병이었다. 조 병장은 나를 끌고 부대 뒤 냇가에 데리고 가 물속에서 얼차려 시키고, 찬 개울가 물에 정신 차린 나를 연병장에서 떼굴떼굴 구르게 하여 내 모습은 몰골이 엉망이었다. 그런 나를 내무반 병사들에게 보이며 내무반 침상에 밀어 눕히고 총 개머리판으로 내려치려고 할 때 주번하사가 말렸다.

아침에 정신 차려 보니, 조 병장이 후임 일병을 시켜 내 머리에 붕대를 감아 놓고, 행정실에 사단 의무대로 후송할 것을 요청한 상태였다. 오전에 군사경찰이 나를 헌병대에 이송하여 조사하려고 부대에 들어왔다가, 현장을 확인하고 그냥 갔다. 어제 부대 규정대로 행정 하사가 탈영 신고하여 온 것이다. 조 병장이 나를 살린 것이다. 환자가 아니었으면 군사경찰이 나를 헌병대로 이송했을 것이다.

점심때 목사가 중년 여성과 함께 부대에 심방 왔다. 부대 관리상사와 행정실 신임 중위가 바로 쫓아 뛰어와 중년 부인에게 인사하며 어쩔 줄 몰라 했고, 부인은 웃기만 했다. 목사는 중위에게 교회 행사로 연락도 못 하고 사병을 늦게 부대에 보내서 미안하다고 사과하며, 앞으로는 이런 일이 없을 거라고 선처를 부탁하였다. 중년 부인이 괜찮다고 목사님을 안심시켰다. 신임 중위와 관리상사는 부인에게 "사모님 죄송합니다."라고 말하며 일요일에 자신들이 부대에 없어서 착오였다고 했다. 사모는 우리 정비중대에서 제일 높은 대령 대장의 아내였다. 신임 중위는 사모가 민간교회 다니시는 것을 몰랐다고, 앞으로 특별히 조처하겠다고 말했다. 나를 교회에 추천하고 제대한 선임 중위도 사모에 관한 말은 하지 않았다.

교회에 갔더니 성가대 젊은 여자들이 걱정을 많이 해주었다. 지휘자 보안 중사가 우리 부대에 전화를 늦게 하여 일어난 것이라고 사과했다. 지휘자는 그동안 나의 교회 생활을 지켜보고 신뢰한다고 말했다

나는 성가대 활동을 하면서, 피아노를 잘 연주하면서 청순해 보이는 청아 사촌인 반주자를 좋아했다. 반주자는 작은 키에 손가락만 길고 얼굴이 창백하여 허약해 보였다. 그녀는 치마를 즐겨 입으며 귀엽고 이쁘게 행동했다. 서울 D 대학 피아노 학과 휴학 중으

로 유학을 준비하고 있다고 했다. 그녀는 마을에서 가장 큰 여관과 시외버스를 운영하는 교회 장로의 딸이었다. 반주자는 항상 두 살 많은 청아와 함께 다녔다.

청아는 시외버스터미널 매점과 매표소, 정미소와 레스토랑을 운영하는 집사 딸이었다. 청아의 사촌 오빠가 보안대 중사로 성가대 지휘자였다. 교회에서는 왈가닥으로 소문이 자자했다. 청아는 늘씬한 몸매에 풍만한 가슴으로 긴 머리였다. 항상 꼭 낀 옷 위에 겉옷으로 관능적인 모습을 숨기며 생활하는 것 같았다. 아카시아꽃 향이 나는 활달한 여자로 말로만 남자친구도 많다고 자랑하는 여성이었다. 여상 출신으로 그림 스케치를 잘하던 청아는 한때 미용실을 운영했다. 지금은 옷 가게 창업을 준비하며 서울에 있는 의상학원을 수강하면서, 엄마가 운영하는 매표소와 레스토랑 일을 도와주고 있었다.

예민하고 소극적이며 건강 염려증에 우울증이 있는 반주자는 쾌활하고 적극적인 청아를 많이 의지하고 좋아했다. 반주자는 신체접촉에 예민하여 바울에게 손만 잡게 하고 어깨동무하거나 포옹하는 것을 싫어했다. 한번은 반주자의 부모님이 서울로 외출하여 집이 비어 있어, 반주자가 바울 초대했다. 그때 청아는 매표소에 출근하여 반주자와 둘이서만 있게 되었다.

연못과 정자가 있는 돌담집이었다. 도자기와 수석이 많은 고풍스러운 거실에서 다양한 회를 먹고 와인을 마셨다. 내가 배도 부르고 취기에 꾸벅 졸자, 반주자가 잠을 깨우려고 평소에 좋아하는 헨델 곡들을 피아노 연주하였다. 나는 더 졸려 하품하였다. 반주자가 옆

자리에 와서 말을 시키고 졸음을 깨우려 하였다. 그때 나는 잠결에 반주자의 손을 잡고 끌어당겨 얼굴을 들어 밀었다가, 반주자에게 따귀만 맞았다.

몇 주 후에는 가끔 가는 청아 부모님 운영하는 레스토랑 vip룸에서 그녀들과 함께 정식 돈가스를 먹었다. 중간에 반주자가 아프다고 먼저 집에 가서 청아와 둘이 있었다. 이런저런 이야기 중 청아는 반주자가 어린 시절 이복남매에게 성추행당해 정신병원에 몇 개월 있었고, 아직도 상처를 극복하지 못한 상태라고 말했다. 반주자는 남자보다는 여자를 더 좋아한다고 말하며 청아가 반주자 집에 초대받았던 그날 이야기를 했다.

청아도 남친과 헤어져 외롭다면서 양주를 가져와 술을 먹었다. 청아는 평소에 나에게 관심이 있다며 술을 권했다. 나는 술이 약해서 금방 취했다. 청아도 술에 취하자 내 품에 안기며 내 손을 당겨 사과 같은 자기 가슴을 만지게 하고, 키스하면서 그녀의 손이 내 가슴에서 아래로…. 나는 기절했다. 청아는 화를 내며 룸에서 나가 버렸다. 오늘은 어리바리 준비 없이 당해 무안했다. 언젠가는 복수하고 싶었으나 청아는 기회를 주지 않으면서, 나만 보면 웃기만 했다.

나는 창고에서 추위와 걱정으로 잠잘 수 없었다. 다음 날 아침에 행정 중위는 나를 부대 입구에 있는 위병 초소에 감금했다. 부대에 헌병대는 안 오고, 오후 늦게 보안대 차량이 부대 입구 초소에 정차하지 않고 스쳐 들어왔다. 정비중대 대장실로 직행하더니, 대대장 보좌관실과 부대 행정실, 내무반 행정실 쓰레기통을 뒤지며 보안 검열을 하고, 위병 초소로 보안 검열을 하러 왔다.

교회 지휘자 보안 중사였다. 중사계급이라도 보안대는 위세가 대단하여 장성별들도 무시하지 못했다.

"이 병장 여기서 뭐 해. 초소 문은 왜 잠겨져 있어? 차에 타!"

중사는 쓰레기통을 발로 차며 말했다.

무서운 보안대 지프에 승차하자 보안 차량은 논밭 사이 대로변을 달리기 시작했다.

나는 어디로 가는 걸까….

캄캄한 하늘에 샛별이 떠오르기 시작하고 그녀가 즐겨 치던 헨델의 '울게 하소서' 피아노 소리가 바람결에 실려 온다.

서
리

정
종
량

 별빛마저 사라진 칠흑 같은 밤, 한 손에 밧줄을 감아쥔 그는 부대 뒷산을 향해 조심스레 발걸음 옮겼다. 혹시라도 순찰하는 경비병과 마주칠까 봐 바짝 마른 참나무 울타리에 몸을 바짝 붙였다. 너무 붙었다가는 야간에 병사들의 무단 외출을 막기 위해 파놓은 분뇨 구덩이에 빠질 위험도 있다. 긴 한숨을 내쉬며 걷노라니, 세상천지를 양어깨에 짊어진 양 중압감이 더해온다.

 "일동 차렷! 충성!"

 누군가가 갑자기 구령을 외친다. 순간 난 침상에서 벌떡 일어났다. 중대 본부 인사계 상사가 내무반으로 들어왔다.

 "어, 쉬어! 황보임 일병 어디 있나?"

막사 밖에 있던 황 일병이 갑자기 불려왔다.

"인사명령서를 전달하겠다. 일병 황보임, 특수전사령부로 전보 명령이다. 그리고 출발은 내일 오후다. 이상."

정말 난데없는 발령 소식이었다. 모두가 웅성댔다. 제대 한 달 남은 왕고참이 나섰다.

"야 황보임이, 너 정말, 고생길이 훤하구나. 그래도 인마, 사내새 끼가 뭐 죽기 아니면 까무러치기 아니겠나? 시팔! 한번 부닥쳐 봐라."

모두가 걱정스러운 눈빛으로 한두 마디씩 위로의 말을 건넸다. 나도 뭔가 말해줘야 하는데 적당한 말이 떠오르질 않았다. 황 일병 의 얼굴은 이미 사색이 다된 모습이다. 누가 뭐라고 해도 지금 이 마당에 어떤 말이 위로가 되겠는가. 특전사는 생사를 넘나드는 고 된 훈련으로 몸이 금세 망가진다고 들었다. 결국 한마디 건넸다.

"그래 황 일병, 아직 팔팔하니까 겁먹지 말고 일단 부닥쳐 봐라. 용기 잃지 말고."

"야, 그러면 뭐 송별식이라도 해줘야 하는 것 아냐? 박 병장, 한 번 주선해 봐라."

"네, 알겠습니다. 황 병장님!"

나도 속으로 생각하고 있던 참이었다. 철책선에서 모진 칼바람을 견디며 동고동락했는데 그냥 보낸다는 건 선임으로서 체면이 말이 아니라고 생각했다. 난 일단 같은 분대원인 윤 상병과 논의했다. 윤 상병은 재주꾼이다. 부대 밖을 맘대로 넘나든다. 부대가 이곳에 정착한 지 얼마 되지 않았는데도 벌써 과붓집을 알아냈고, 가계에

외상도 터놓은 상태다. 일요일 일과가 없을 땐 몰래 나가서 주변을 탐색하곤 한다. 그는 젊은 과부댁을 '양엄마!'라 부르며 붙임성 있게 달라붙었다. 그런데 사실 밤에는 이게 된다며 새끼손가락을 위로 치켜들었다. 취침 때 그는 내 귀에 바짝 대고 과부댁의 몸 구석구석에 대하여 비릿하면서 끈적끈적한 이야기들을 풀어내곤 했다. 그는 막걸리와 김치를 준비하겠다고 했다. 모든 걸 혼자서 할 수 있으니까 걱정하지 말란다. 대신 안줏감은 사람이 많아서 돈이 많이 드니까 다른 대책을 요구했다. 순간 머리를 스치는 게 있었다. 얼마 전 진지훈련 목적으로 밖에 나갔을 때, 땅콩밭과 사과 과수원을 본 적이 있었다. 그래서 안줏감으로 적당하다고 생각했다.

난 평소 눈치 빠르고 동작이 날쌘 일병 두 녀석을 뽑았다. 모두 자신만만해했다. 아울러 더플백 두 개를 준비했다. 내일 출발이라 오늘 저녁밖에 시간이 없다. 요즘은 아무리 서리라도 걸리면 영창이다. 옛날 시골에서야 서리 정도면 어르신들이 젊은 애들의 객기쯤으로 알고 허허실실 웃으며 넘어갔지만, 지금은 다르다. 누가 어디서 무엇을 했든지 간에 절도죄에 손해배상이 뒤따른다. 사실 나도 말년 병장인데 조금 꺼림칙했다. 그래서 말년에는 구르는 낙엽조차도 조심하라고 했다.

셋은 내무반장에게 취침 점호 불참에 대한 양해를 구한 후, 중대 막사를 조용히 빠져나왔다. 선선한 가을바람이 가슴패기로 파고든다. 정수는 옷깃을 세워 목으로 들어오는 찬 바람을 막았다. 막사 주위엔 보안등 불빛이 흐릿하게 흔들거리고 있지만, 연병장이나 울타리 주변은 온통 칠흑이다. 사금파리처럼 모나게 점멸하는 별들이 금방이라도 머리 위로 쏟아질 것만 같았다. 우린 중화기중대 막사 뒤편으로 바짝 붙어 서서 취사반 쪽으로 나아갔다. 취사반에선 취사병들이 내일 아침 식사를 준비하는지 식당을 연신 들락거린다. 잠시 조용해진 틈을 타서 대대 밖으로 통하는 작은 개구멍을 향해 잽싸게 움직였다. 깜깜해서 그런지 개구멍의 윤곽조차 잘 보이지 않았다. 마치 놀이공원 귀신의 집에 들어가는 느낌이었다. 벌써부터 가슴이 콩닥콩닥 뛰기 시작했다. 난 눈을 크게 뜨고, 귀를 쫑긋 세웠다. 일단 눈대중으로 이게 길이려니 하고 더듬어 나갈 수밖에 없었다. 바로 옆에서 나무들이 바람에 흔들릴 때마다 천둥 같은 소리를 냈다. 시커먼 물체들이 금방이라도 달려들 듯 아우성이다. 두 녀석은 졸았는지 내 뒤로 바짝 붙어섰다. 낮에는 아무렇지도 않던 평범한 오솔길이 이처럼 무시무시한 곳으로 돌변할 줄이야. 간은 콩알만 해지고, 오직 들리는 건 풀벌레 소리와 저벅저벅 발소리뿐이었다. 이제 저 능선을 넘으면 중턱을 따라 중대 진지가 나오고 그곳을 지나면 땅콩밭이 펼쳐질 것이다.

지금쯤 윤 상병도 부대 울타리를 빠져나가고 있을 것이다. 오히려 그가 조금 걱정이 되었다. 요즘 야간에 부대 이탈자들이 많아, 상가 방향의 부대 울타리 밑에 군데군데 분뇨 구덩이를 파 놓았기 때문이다. 이 밤중에 잘못 움직였다간 십중팔구 똥 밟기 십상이다. 아무리 귀신같은 윤 상병일지라도 때가 때인 만큼 장담할 수가 없다. 아무렴, 다급한 건 이쪽이었다. 언젠가 중대장이 야간에 밖에 나가면 안 된다면서 겁을 줬던 게 불현듯 떠올랐다. 그게 단순한 겁박만은 아니었다. 이곳이 워낙 최전방이다 보니까 야간에는 정말 무서운 곳이다. 아무리 민간인일지라도 믿으면 안 된다고 했다. 특히 서부전선은 간첩 침투 루트로 자주 이용된 곳이기도 했다. 저녁에 공비나 간첩들이 철책선을 넘어 임진강을 건넌 후 이곳 야산으로 숨어든다. 날이 밝으면 농사꾼 행장을 하고 계속 남으로 침투해 들어간다. 야간에 산에서 그들과 마주친다면 어떻게 될까? 갑자기 뒷덜미가 서늘해졌다. 우리 같은 풋내기들이 고도로 훈련받은 살인 고수들을 당해낼 수 있을까? 발걸음을 옮길 때마다 나뭇가지며 떨어진 가랑잎들이 발에 밟혀 바스락거리는 소리를 냈다. 머리카락이 더욱 하늘로 치솟는 듯했다. 뒤따라오던 일병이 갑자기 산길 경사지 밑으로 미끄러진 듯 신음 소리를 냈다. 난 보이지도 않는데도 '쉿!'소리를 내며 손가락을 입에 가져다 댔다.

"언제부터 이렇게 겁쟁이가 되었지? 대원이 둘씩이나 있는데."

나도 모르게 중얼거렸다. 시야를 확보해가며 앞으로 조금씩 나아갔다. 산 능선이 가까워지자 금방이라도 숲속에서 공비가 뛰쳐나올 것만 같았다. 촉각을 곤두세우고 사방을 주시했다. 능선을 넘어 겨우 진지를 벗어나자 멀리서 희미하게나마 땅콩밭의 윤곽이 시야에 들어왔다.

드디어 땅콩밭이다. 깜깜해서 잘 보이진 않지만 사래가 길어 보였고 몇 두렁이나 되는지 짐작조차 할 수 없었다. 아직 밤중은 아니지만, 다행히 인기척은 없었다. 바람도 서늘한 10월 초순의 저녁, 등줄기엔 벌써 땀이 배어나기 시작했다. 일단 밭두렁에 당도하자, 각자 한 두렁씩 맡아서 뒤지기로 했다. 두 놈은 벌써 시작했는지 낮은 포복 자세로 재빠르게 움직였다. 나도 이에 질세라 세 번째 두렁에 주저앉았다. 먼저 땅콩 줄기를 젖혔다. 딸려 나와야 할 땅콩이 잡히질 않았다. 줄기만 무성했지, 실제 땅콩은 아주 작거나 아직 알맹이가 채 여물지 않아 손가락에 힘을 주어 누르니 물만 튀었다. 너무 일렀다. 옆 두렁에서 뒤지던 애들도 먹을 만한 게 나오질 않는지 뭐라 투덜거렸다. 두 놈은 더욱 안쪽으로 들어가서 뒤지고 있다. 조금 큰 땅콩이 잡히는지 몸동작이 커지는 듯했다. 깜깜한 밤인데도 한쪽으로 길게 뽑아 올린 땅콩 줄기가 마치 꿈틀거리는 보아 뱀처럼 보였다. 더플백에 어느 정도나 담은 것 같았다. 우린 허리를 펴고 일어섰다. 깜깜한 밤이라 잘 보이진 않지만 세 도둑놈이 파헤쳐 놓은 땅콩밭은 너무도 처참했다.

순간 난 가슴이 철렁하면서 겁이 덜컹 났다. 잠깐 사이에 파헤친 밭두렁의 끝이 안 보였기 때문이다. 최소, 네다섯 두렁은 완전 폐허화 된 듯했다. 일단 땅콩을 한곳으로 모으니 더플백 반쯤 되었다. 이 정도면 되겠지 하고 작업을 멈췄다. 사실 나도 겉으론 태연한 척했지만, 속으론 겁이 났다.

일단 막내에게 땅콩이 든 더플백을 지워 급히 사과밭으로 이동했다. 사과밭은 나지막한 능선에 자리 잡고 있어서 사람이 움직이면 능선을 따라 물체가 보였다. 우린 몸을 바짝 낮추고 과수원 안으로 깊숙이 들어갔다. 사과나무들이 별로 크지 않은데다 듬성듬성 서 있다. 자세히 사방을 둘러보니 가까이에 원두막이 하나 있다. 갑자기 인기척이 들렸다.

"아차, 이거 들킨 거 아냐?"

작은 목소리로 뒤따르던 대원에게 이야기하자, 귀엣말로 기다리라고 한다. 그는 곧장 원두막을 향해 뛰어가더니 뭐라고 큰소리를 내지르곤 원두막을 마구 흔들어대기 시작했다.

"시팔 새끼, 내려오면 죽여 버릴 거야. 사과 조금만 따갈 거니까 그대로 있어. 알았냐? 새끼야!"

아무런 반응이 없다. 주인도 이처럼 대담한 도둑놈들은 처음 봤을 것이다. 이들이 민간인이 아니라는 것쯤은 잘 알고 있을 것이다. 전방 지역에서 민간인들이 이처럼 행동할 리는 만무하기 때문이다. 한 놈이 원두막에서 망을 보는 사이에 우리 둘은 열심히 사과를 땄다. 아마도 대여섯 그루 정도 휘젓지 않았나 싶었다. 과일이 익고 안 익고를 따질 겨를이 없었다. 마구잡이로 가지가 부러지건 말건 일단 훑듯이 따 담았다. 더플백에 반쯤 차자 회군하자는 신호를 보냈다. 원두막에서 망을 보던 녀석이 뭐라 큰 소리로 주인을 향해 또다시 겁박을 해댔다.

우린 왔던 길을 따라 산으로 재빨리 숨어들었다. 겨우 산 중턱에 이르러서야 백을 땅에 팽개치고 뒤로 나자빠졌다. 평소에 순진해 보였던 일병 녀석이 어떻게 원두막의 기둥까지 흔들어 가며 위협을 가할 수 있었는지 난 그저 기가 차서 물었다.

"야 인마, 너 그러다가 진짜 도둑으로 몰려서 영창 간다. 간덩이가 부어도 너무 부었어. 짜식!"

셋이서 오랜만에 너털웃음을 터트렸다. 비로소 작업화를 벗고 안에 잔뜩 들어간 흙을 털어냈다. 땅콩을 만져보니 부피가 상당해 보였다.

일단 여기까지는 성공이다. 막사까지 무사히 도착해야 하는데 영내를 순찰하는 대대본부 선임하사가 문제다. 걸리면 작살난다. 잘 피해서 가는 수밖에.

"일단 부닥쳐 보자! 너희들, 각자 하느님, 부처님께 기도해라."

"걱정하지 마십시오. 저는 알라께 기도하겠습니다. 박 병장님만 무사하시면 됩니다."

어둠 속에서 더플백을 맨 녀석이 그 순간에도 농담을 했다.

"알았다. 허풍 그만 떨고 끝까지 조심해. 인마!"

나올 때보다는 마음이 한결 가벼웠다. 깜깜한 사위도 조금은 눈에 익숙해진 듯했다. 노란 별빛이 묻은 이슬이 목덜미에 살포시 내려앉아도 신경은 온통 대대 울타리에 가 있었다. 동정부터 살폈다. 어깨에 더플백을 맨 모습들이 어쩜 이리도 TV에서 본 진짜 도둑놈들하고 똑같아 보이는지.

무사히 중대 막사에 도착한 뒤에야 긴 한숨을 토해냈다. 윤 상병도 언제 왔는지 내무반 침상에는 이미 잔들이 놓여 있고 하얀 술 위로 희미한 전등 불빛이 어른거렸다. 군데군데 붉을 빛이 감도는 싱싱한 김치가 먹음직스러워 보였다. 내무반장이 한마디 했다.

"야! 이 도둑놈들 대단하구나. 야, 황보임, 너 가더라도 잊으면 안 된다. 고참께서 이렇게 진두지휘해서 풍성한 먹거리를 만들어 오셨으니 말이야."

파티는 거기까지였다. 일단 더플백을 풀자 소란이 일었다. 땅콩이 대부분 쭉정이뿐이고 알맹이가 있어도 익지 않아서 먹을 수가 없었다. 손가락에 잡히는 것도 까서 입에 넣으니 풋내가 진동했다. 결국 대부분 내다 버렸다. 풀어놓은 사과도 만만찮았다. 대부분이 푸르딩딩 식초다. 그래도 일단 일 인당 두 개씩 나누어 주었다. 반신반의하면서 한입 베어 문 소대원들은 독약이라도 입에 댄 듯 퉤퉤 하며 뱉어내기에 바빴다. 오금 절여가며 뼈 빠지게 도둑질해온 게 모두가 물거품이 되고 말았다. 결국 사과와 땅콩은 막사 뒤편에 있는 텃밭으로 모두 가져다 버렸다. 그래도 내일 떠나는 동료를 위해 약소하게나마 송별연을 해줬다는 것을 위안으로 삼았다.

10월 중순의 아침, 하얀 햇살이 초록빛 막사의 철제 지붕을 달궈대기 시작한다. 아침 식사가 끝나자마자 중대원들은 서둘렀다. 오전 야외훈련이 예정되어 있기 때문이다. 출발도 안 했는데 얼굴에 땀방울이 송알송알 맺혀 있다. 연병장 위로 한줄기 회오리바람이 가벼운 황토 먼지를 일으키며 지나간다. 선임하사로부터 인원과 장비 점검이 이어졌다. 긴장감이 흘렀다. 그는 윤 상병 앞에 서더니 뭐라고 한참을 이야기한다. 순간 폭소가 터져 나왔다. 비로소 대원들의 얼굴에서 긴장감이 풀어졌다. 선임하사도 윤 상병이 밖에 있는 과부댁과의 사이에 뭔가 진행되고 있다는 것을 눈치챈 듯했다. 철모에 소총만 든 비교적 가벼운 차림새다. 정문을 향해 소대별로 출발했다. 이야기는 자연히 어제 먹은 땅콩과 사과 이야기로 흘렀다. 고참들이 풋사과 때문에 이가 시어서 아침밥을 겨우 먹고 이 닦는데 무척 힘들었다고 투덜거렸다. 어느덧 산길로 접어들고, 대오는 2열 종대로 바뀌었다. 진지가 있는 산 밑으로 접어들자 다시 일렬로 바뀌었다.

이때 앞쪽 멀리서 젊은 여자의 울음소리가 들렸다. 모든 시선이 그쪽으로 향했다. 자세히 보니 땅콩밭이었다. 거의 폐허가 된 밭에서 아가씨가 목 놓아 울고 있었다. 그 곁에서 아버지인 듯한 남자가 호미로 땅콩 줄기를 손보고 있었다. 아뿔싸! 어제 세 놈이 분탕질했던 바로 그 밭이 아닌가. 거의 다섯 두렁을 휘저은 것 같았다. 다른 소대원들은 무심코 지나치는데 소대 선임하사가 선뜻 밭으로 들어갔다. 아가씨와 뭐라고 하는지 한참을 이야기했다. 아가씨가 갑자기 일어서더니 삿대질을 해가며 우리 군인들을 향해 큰 소리로 욕을 해대기 시작했다. 농부도 딸과 함께 선임하사를 향해 뭐라고 큰 소리로 얘기를 했다. 윤 상병이 정수에게 다가오더니 옆구리를 쿡쿡 찌르며 눈을 찡긋했다. 이미 눈치를 챈 모양이었다. 정수는 모른 채 외면했다. 지금 순간 할 말이 없었다. 다른 두 명의 대원들을 힐끗 쳐다보니 그들도 고개를 숙인 채 말없이 걷고 있다. 한참 만에 선임하사가 돌아왔다.

"야, 시팔, 어떤 새끼들이 밭을 저 지경으로 만들어놓은 거야? 저 사람들 일 년 농사를 완전히 망쳐놓았잖아, 씹새들 말이야."

드디어 진지다. 각자 청소를 한 후 삼병호 투입 훈련에 돌입했다. 난 갑자기 범죄자가 된 기분이었다. 점심시간이 다 되었는지 집합 신호가 울렸다. 전 중대원이 한자리에 모였다. 중대장이 훈련 성과를 평가한 후 해산하려 하자, 소대 선임하사가 나섰다. 그리곤 상기된 얼굴로 아까 봤던 땅콩밭에 관한 이야기를 기어코 꺼냈다.

"저건 서리가 아니야. 중대한 범죄행위지. 한 이랑도 아니고 다섯 이랑이나 망쳐놓았으니 저 사람들 일 년 농사를 망친 거다. 또 수확기도 아닌데 저따위로 파헤쳐 놓다니, 정말 짐승만도 못한 짓이다. 그런데 저게 누구 한 짓이겠나? 십중팔구 우리 군인들이 한 짓이겠지."

모두가 할 말을 잃었다. 다음 말이 더욱더 충격적이었다.

"저 여자가 왜 우는지 느그놈들 짐작도 못 하겠지? 저 아가씨 오빠가 지금 바로 옆에 있는 사단에서 제대 말년이란다. 저 땅콩을 팔아야 내년에 대학에 복학할 수 있다는 거야. 물론 우리 중대원들이 저따위 야비한 짓을 했다고 보지는 않는다. 그래도 우리 중 누군가가 선량한 민간인들을 우리의 적으로 만들고 있다는 것을 명심해야 한다. 앞으로 조심들 해라. 알았나!"

"네~ㅅ!"

일동이 복창한다. 난 고개를 들 수가 없었다. 저 아가씨는 몇 살일까? 무슨 일을 하고 있을까? 학교는 제대로 다녔을까? 생각이 꼬리를 물었다. 훈련을 마치고 막사로 돌아온 뒤 휴식 시간이 되자 어제 함께 갔던 일병 둘이 다가왔다. 모두가 겁에 질린 모습들이었다.

"박 병장님, 괜찮을까요? 꼭 무슨 일이 생길 것만 같습니다. 그 여자가 대대본부나 연대본부에 진정 같은 것 내지는 않을까요?"

"설마. 괜찮아. 군인들 폐해가 어제오늘 일이냐? 한두 건도 아니고. 걱정하지 마라."

"그래도 그 아가씨 모양새를 보니까 가만히 있을 것 같지 않아 보여서요."

"걱정하지 말래도 짜식들, 일이 생기면 전적으로 내가 책임질 테니까 너희들은 입 다물고 있어."

난 두 녀석을 겨우 안심시켰다. 소대원들도 어떤 생각들을 하고 있는지 더 이상 땅콩 이야기는 입 밖에 꺼내지 않았다. 사실 나도 겁이 나지 않은 것은 아니었다. 이제 제대까지 불과 5개월을 남겨둔 시점이다. 왕고참이 되면 떨어지는 가랑잎을 피하는 것은 물론, 30cm 이상은 뛰지도 말라고 할 만큼 몸을 사린다. 나도 내년 2월에 제대하면 대학에 복학해서 중단했던 고시 공부를 재개할 생각이다. 그럭저럭 하루가 무사히 지나갔다.

다음 날 오전 일과는 산에 있는 탄약고 주변 보수공사다. 진지훈련이 차라리 나은데, 점심은 현지에서 라면과 빵으로 대신했다. 모두가 환호성을 내질렀다. 중대는 이 열 종대로 출발했다. 막 위병소를 나서려는데, 어제 땅콩밭에서 오열하던 그 아가씨가 아저씨와 함께 위병소 민원실에 앉아 있는 게 얼핏 보였다. 모두 눈치를 채지 못했는지 왁자지껄 떠들면서 지나친다. 왜 왔을까? 민원이라도 제기하려나? 설마 그렇게까지…. 일단 부대를 벗어나자 대원들은 신바람이 났다. 산으로 접어들수록 작은 실개천에 흐르는 물소리가 제법 요란하다. 눈을 들어 멀리 감악산을 바라보니 검은 능선을 타고 아침 햇살이 부챗살처럼 퍼져나간다. 사실 감악산은 쳐다보기도 싫은 곳이다.

언젠가 살을 에는 듯한 칼바람 속에서 탈영병을 잡으러 감악산 계곡을 헤집고 다닌 적이 있었다. 그때 잡힌 탈영병은 결혼한 나이

든 병사였는데 부인과 아들을 잊지 못해 그만 일을 저지르고 말았다. 아마 지금도 교도소에서 살고 있는지 모르겠다.

고도가 서서히 높아지면서, 주변 채소밭의 무와 배추들이 통통하니 실해 보였다. 일손이 부족한지 일꾼들은 아예 보이지도 않았다. 떠들던 대원들도 소총을 어깨에 비켜 메고 허리를 굽힌 채 천천히 걷기 시작했다. 가파른 오르막길이다. 주변의 나무들도 서서히 단풍으로 채색하기 시작했다. 대원들의 숨결이 가빠지고 말수가 줄어들 즈음, 드디어 탄약고다. 정수의 소대는 탄약고 정리를 맡았다. 나머지 소대는 주변 제초작업에 들어갔다. 소대원들이 투덜거렸다.

위병소를 찾아왔던 사람들은 어떻게 되었을까. 일이 확대되는 건 아닌지, 잘못해서 확대되면 어떻게 될까? 영창? 변상? 아니면 변상하고 영창 행? 변상하라고 한다면 도대체 얼마나 달라고 할까? 백만 원? 이백만 원? 과수원은 그냥 넘어간 것일까? 눈길이 두 대원으로 향했다. 만약 문제가 된다면 저 녀석들은 어떻게 되나?

"어! 박 병장, 왜 그렇게 우두커니 서서 그래? 무슨 생각을 그렇게 골똘히 하는 거야? 대원들 빨리 일을 시키지 않고서."순간 정신이 퍼뜩 돌아왔다.

"아니지 내가 전적으로 책임을 져야지. 또 약속까지 하지 않았는가. 애초부터 내가 주도한 거고."

어느덧 작업 종료를 알리는 호루라기 소리가 요란하게 울린다. 밖으로 나가서 하산을 서두르자 착잡한 심정을 알기라도 하는 듯 감악산 중턱으로 검은 구름이 휘감아 들고 있다.

서둘러 귀대하니, 주임 상사가 잠깐의 휴식도 없이 전 중대원을 집합시켰다. 드디어 터질 것이 터지고야 말았다. 단상에 오른 상사의 얼굴이 심각해 보였다.

"오늘 아침 우리 중대 진지 부근에 있는 땅콩밭과 과수원 주인들이 진정서를 냈다. 땅콩밭을 모두 망가트렸고, 사과밭에서 풋사과를 몽땅 따갔다고 보상과 처벌을 요구해 왔다. 속이 구린 놈들은 자수해라."

선임 소대장이 즉각 반발했다.

"아니 다짜고짜 그게 무슨 말입니까? 작업하고 막 돌아온 애들한테. 그리고 우리 중대에서 했다는 무슨 증거라도 있단 말입니까?"

"네, 있습니다. 아침에 진정이 접수된 후 대대본부에서 중대별로 쓰레기장을 모두 뒤졌습니다. 그 결과 우리 중대 텃밭과 쓰레기장에서 땅콩과 먹지 않고 버린 사과들이 무더기로 발견됐습니다."

"그렇다고 우리 중대원이 꼭 훔쳤다는 증거도 없지 않습니까? 다른 중대원들이 하고서 일부러 우리 중대 가까이에 버릴 수도 있지 않습니까?"

"그래서 만약 오늘내일 내로 범인이 나오지 않으면, 대대본부에서 사단 헌병대에 정식으로 수사를 요청할 예정이라고 합니다."

소대원들의 눈길이 은연중 나에게로 꽂혔다. 두 일병의 얼굴은 그만 사색이 다되었다. 윤 상병이 다가와 가만히 내 팔을 잡았다.

"박 병장님, 너무 걱정하지 마세요. 잘 될 겁니다. 그까짓 것 물어주면 될 것 아닙니까?"

사정을 잘 모르는 윤 상병은 돈으로 해결하면 될 게 아니냐는 듯 가볍게 이야기했다. 난 막사 침상에 앉아 머릿속을 정리하기 시작했다. 과연 어떻게 풀어나가야 할지. 마침내 주임상사를 만나 솔직하게 터놓고 이야기를 해보기로 마음을 굳혔다. 그간의 내 행동거지로 볼 땐 정말 위선적이고 창피한 노릇이지만 어쩔 도리가 없었다. 사태를 어찌 수습해야 할지 도무지 머릿속까지 하얘졌다.

중대 본부 주임상사를 찾으니 막 퇴근하려던 참이었다. 주임상사의 얼굴을 보자마자 이실직고 고백했다.

"상사님, 제가 했습니다. 땅콩밭과 사과밭 서리 말입니다. 모든 게 제 책임입니다."

"뭐 인마, 너 미쳤니? 너 그렇게 FM(field manual)이라고 떠벌리던 놈이 이게 뭔 짓이야? 아니, 너 제대도 얼마 남지 않았잖아?"

"제가 제정신이 아니었나 봅니다. 전출병 송별식을 해준다는 것이 그만 이렇게 됐습니다."

"지금 그 변명이 통할 것 같아, 인마? 대대장님이 이건 범인을 꼭 잡아서 영창 보내라고 노발대발하고 계신단 말이야. 허, 이거 큰일 났네."

"밭 주인과 협상의 여지는 있습니까?"

"지금 땅콩밭과 사과밭 주인 둘인데, 그 사람들은 보상뿐만 아니라 반드시 처벌해달라는 거야. 일단 중대장님께 먼저 보고부터 하고 뒤처리를 상의하는 게 좋겠다."

순간 난 아차 싶었다. 문제가 의외로 심각해지고 있다고 생각했다.

사실 나와 중대장과의 사이에는 오래된 악연이 있다.

과거 전방 철책선에서 근무할 때 대통령선거 투표가 있었다. 전방이라 중대 단위로 투표를 했다. 당시 투표소 설치가 어려웠던지 중대장의 책상 위에 투표용지를 펼쳐놓고 한 사람씩 들어가 투표를 했다. 물론 옆에는 지금의 중대장이 앉아 있었다. 난 순간 이건 아니라고 생각했다. 즉각 중대장에게 비밀투표를 보장해 달라고 요구했다. 중대장이 자리를 피하는 것으로 일단락되기는 했지만, 이 일로 나는 요주의 인물이 되고 말았다. 물론 특별히 불리한 처우는 없었지만, 소대장과 선임하사가 바뀔 때면 그들은 날 인계인수라도 하듯 소대에 와서 박정수가 어떤 놈인지 확인하곤 했다. 고참들이나 동료들도 건드리면 터지는 시한폭탄쯤으로 알고 날 거의 따돌리다시피 했다. 반면에 그는 일반 병들 사이에서는 정도를 걸어가는 모범 사병쯤으로 인식되고 있었다.

후방에 와서도 난 한 건을 더 터트렸다. 바로 대대 안에 있는 부대 농장인데, 부대 내의 넓은 부지를 놀릴 수 없어 중대별로 막사 뒤 공지를 텃밭으로 가꾸고 있었다. 주말이면 교회나 절에 가는 종교 사병들을 제외하고는 대부분 텃밭 가꾸기에 동원되었다. 난 즉각 이의를 제기했다. 평화로운 휴일에 병사들이 휴식을 취할 권리를 침해한다고 항의한 것이다. 그것도 중대장이나 대대장에게 직접 한 것이 아니라 연대에 소원 수리로 제기했다. 연대에서 조사를 나와 중대장이나 상사, 선임하사가 모두 질책을 받았다. 특히 중대장은 승진이 임박해서 신경이 곤두서있던 차에 이러한 망신을 당했으니, 난 윗사람의 눈엣가시가 될 수밖에 없었다. 과연 뜻하지 않은 실수를 저지른 날 중대장이 어떻게 처리할지 여간 곤혹스러운 게 아니었다.

소대로 돌아오니 막사가 텅 비어있다. 모두 저녁 식사를 하러 간 모양이었다. 한참 만에 돌아온 대원들이 내 주위로 몰려들었다. 분대장들이 함께 위로를 해주었다.

"너무 크게 걱정하지 마소. 그 사람들도 처음엔 화가 났겠지만 얼마간 보상을 해준다면 좀 풀어질 거요. 군인들 서리가 어디 한두 번인가. 이번만 유별나게."

"박 병장님, 저희도 함께 책임져야 하는 것 아닙니까?"

함께했던 두 대원중의 한 녀석이 눈물을 글썽이면서 고개를 숙인 채 입술을 깨물었다. 다른 녀석은 걱정도 안 되는지 보이지도 않았다.

"걱정 마라. 일단 모든 책임은 내게 있다고 인사계 상사님께 말씀드렸다. 그리고 실제로도 이번 일은 전적으로 내 책임이고. 너희들과 책임 나눌 생각은 추호도 없다. 안심해라."

일단 일병을 안심시켰다. 사건이 어떻게 전개될지는 사실 나도 모른다. 윤 상병이 어디서 구해왔는지 빵과 우유를 들고 왔다.

"박 병장님, 저녁 안 드셨잖아요. 이거라도 드십시오. 그리고 긍정적으로 생각하세요."

난 일단 빵을 받아 들었다. 점호 시간이 되자 모두가 침통한 표정들이었다. 화기소대 소대장인 주번 장교도 이번 사건을 알고 있는 듯 별 지시사항 없이 인원보고만 받고 급히 다음 소대로 발걸음을 옮겼다. 이윽고 열 시 취침나팔이 불고 소등하자, 난 가만히 침대에서 일어났다. 불침번이 다가와 뭐 불편한 게 있느냐고 묻는다. 괜찮다면서 밖으로 나왔다. 사위가 온통 깜깜했다. 순찰 동초의 플래시 불빛이 멀리서 흔들렸다. 뒤편 수돗가로 향했다. 가까이에 있는 높다란 고목 둥지에서 찌르레기 소리가 요란했다. 수돗가 의자에 가만히 앉아 하늘을 올려다봤다. 감악산 능선 쪽으로 별똥별이 노란 포물선을 그리며 떨어졌다. 휘황찬란한 금붙이 별들이 온통 제멋대로다. 저 별들도 고민이 있을까? 뭔가 대안이 떠오르질 않았다.

"만약에 밭주인들이 타협에 응하지 않으면 어떻게 될까? 정말 영창에 가야 하는 건가? 그렇게 되면 내 인생은 뭐가 되지?"

지금 이 마당에 가장 큰 걱정은 고시였다. 교도소에 들어가 별을 달면 공무원이 되는 건 포기해야 한다. 자격조건 미달이다. 집시법 위반은 그래도 좀 고상하기라도 하지. 절도죄는 가장 혐오스러운 민생범죄 즉 잡범이다. 아마 시효가 지나도 공무원 시험 응시는 사실상 불가능할지 모른다. 만약 고시가 안 되면 그간 날 도왔던 주희는 어떻게 되지? 오빠만 바라보면서 힘든 일을 참아내고 있을 주희에게 생각이 미치자 머리는 더욱 복잡해졌다. 난 그만 머리를 감싸 쥐고 허리를 구부렸다.

"아, 내가 왜 그렇게 경솔했지? 만약 감방에 들어가면 일러스트 작가가 되겠다는 주희의 꿈은…."

생각은 꼬리에 꼬리를 물고 끝 간 데 없이 이어졌다. 한 시간여를 고민하다가 들어와 잠을 청했지만, 잠이 올 리 만무했다. 침상에 누워서도 감방과 주희 생각을 반복하느라 눈을 붙이지 못했다.

아침 기상나팔 소리가 날카롭게 울렸다. 아침 식사를 뜨는 둥 마는 둥 몇 숟갈 뜨고는 일어섰다. 오전 일과는 연병장에서 소대별로 총검술과 피아르아이 훈련이다. 훈련이 시작되자, 구령을 붙이던 소대 선임하사가 내 이름을 불렀다. 아마 엉뚱한 생각 때문에 다른 소대원들의 훈련을 따라가지 못한 모양이다. 선임하사는 잠시 내무반에 들어가 쉬라고 했다. 곧장 소대장이 뒤따라 들어오더니, 중대장이 찾는다고 했다. 사실 중대장을 만난다는 게 나로선 여간 곤혹스러운 게 아니었다.

중대장실에 들어서자, 중대장과 인사계 주임상사의 표정이 심각해 보였다. 아예 아는 체도 하지 않고, 손짓으로 앞 의자를 가리켰다. 중대장이 먼저 입을 열었다.

"야, 박정수! 너 인마, 육군의 표상이라고 혼자 잘난 척하더니 이게 무슨 짓이냐? 엉?"

"죄송합니다. 중대장님."

"너 말과 행동이 이렇게 다른 놈이었나? 이거 어떻게 할 거야?"

그의 말에는 아직 해소되지 않은 앙금이 여전히 묻어나고 있었다. 사실 한 달 전에 대대 구보 측정이 있었다. 그런데 공교롭게도 내가 휴가를 다녀온 바로 다음 날이었다. 줄곧 대대 대표선수를 도맡아왔기 때문에 내가 낙오하리라고는 아무도 상상하지 못했다. 5킬로 반환점을 돌아 자갈밭 개울물을 통과할 무렵부터 난 비틀거리기 시작했다. 중대장이 뒤에서 보고는 소총 개머리판으로 내 등을 후려쳤다. 난 그만 물속으로 곤두박질쳤다. 결국 구급차에 실려

갔다. 링거를 맞은 후 한참 만에 회복되어 중대로 복귀했다. 중대장의 소총 개머리판에는 분명 묵은 감정이 실려 있었던 게 틀림없다.

자못 심각한 표정의 중대장이 입을 열었다.

"간단하게 요점만 얘기하겠다. 대대장실에서 자네 문제를 협의했다. 대대장님은 이번 기회에 군기 확립과 민폐 일소를 위해서 손해배상과는 별도로 영창을 꼭 보내라고 하셨다. 이는 대대장님만의 생각이 아니다. 밭주인들도 손해배상과 처벌을 동시에 요구하고 있다. 만약 처벌을 안 하면 사단본부로 직접 민원을 넣겠다고 협박했다고 한다."

"밭주인들과 합의하면 실형이 면제될 가능성은 있습니까? 중대장님!"

"내가 볼 땐 어렵다. 대대장님이 워낙 완강하시다. 만약 대충 처리해서 민원인들이 사단으로 직접 민원을 내면 불통이 여러 사람에게 튄다."

"그럼 손해배상은 얼마를 요구하고 있습니까?"

"정확한 금액은 모르겠는데 땅콩밭하고 과수원 둘을 합해서 천만 원이라던가? 그것도 줄여보려고 대대본부에서 협의했는데 완강하게 거부했다는 거야."

천만 원이라는 소리를 듣는 순간 내 몸에서 기운이 빠져나가는 듯했다. 최대 오백만 원 정도라면 그럭저럭 준비해 볼 수가 있을 텐데. 천만 원은 상상을 초월하는 숫자였다.

"그럼 제가 그분들을 직접 만나볼 수 있겠습니까? 제가 직접 사정을 해보겠습니다."

"글쎄, 현재로선 만나 봐도 소용없겠지만, 원한다면 상사께서 한 번 주선을 해보시오. 그러나 너무 큰 기대는 마라."

"고맙습니다."

물론 중대장의 협조나 선처를 기대한 것은 아니었다. 쌓이고 쌓인 감정들이 쉽사리 가실 리가 없기 때문이다.

당일 오후 인사계 상사의 노력으로 만남이 주선되었다. 미리 부대 매점에 들려 음료수 한 상자와 비스킷을 몇 개 사 왔다. 오후 늦은 시각, 주임상사와 함께 위병소로 나갔다. 저쪽은 땅콩밭 아가씨와 사과밭 주인아저씨가 나왔다. 아가씨의 인상이 그리 나빠 보이진 않았다. 난 과자를 펼친 후 음료수를 한 병씩 권했다. 그런데 그녀는 인사도 없이 다짜고짜 언성부터 높이고 선제공격을 해왔다. 타협이라는 것은 아예 없으니 배상부터 하고 응분의 대가를 치르라고 을러댔다. 사과밭 주인아저씨는 의외로 아가씨의 하는 양을 조용히 지켜보기만 했다. 일단 난 아가씨에게 바짝 고개를 숙였다.

"제가 어리석었습니다. 정말 잘못했습니다. 배상은 제가 책임지고 해드리겠습니다. 처벌해달라는 요구만은 철회해 주실 수 없겠습니까?"

"그런데 왜 혼자 나왔죠? 설마 혼자서 한 짓은 아니겠지요? 그날 밤 이 아저씨는 과수원 원두막에서 얼마나 많은 생명의 위협을 느꼈는지 지금도 병원 정신과에서 치료받고 있다고요. 돈 몇 푼으로 이분의 트라우마가 쉽게 해소될 것 같아요?"

"사실 그날 밤, 세 명이 했지만 다른 두 명은 갓 들어온 신입으로 제가 억지로 끌고 간 애들입니다. 모든 게 제 책임입니다."

"하여간 그들도 책임이 있는 건 분명한 사실이잖아요?"

"변명하지는 않겠습니다. 모든 게 선임인 제 잘못입니다."

그동안 말없이 옆에서 지켜보기만 하던 인사계 상사가 드디어 말문을 열었다.

"우리 박 병장이 잘못한 것을 다 인정하고 있습니다. 그리고 배상도 하겠다고 합니다. 보시다시피 지금 이 친구 정말 깊이 반성하고 있습니다. 며칠간 잠도 자지 못하고 후회하고 있고요. 그러니까 아가씨께서도 처벌 요구만은 좀 거둬줬으면 좋겠습니다. 이 친구도 아가씨처럼 앞날이 구만리 같은 청년입니다. 한때의 치기로 젊은이의 인생이 송두리째 망가져서야 되겠습니까? 좀 고려해 주시면 고맙겠습니다. 정말 이 사람 부모의 심정으로 부탁합니다."

"난 내 결심에서 한 발짝도 물러설 의향이 없으니 그리 아세요. 당신들도 땅콩밭을 봤잖아요. 어떤 지경인지. 망가진 땅콩밭이 우리에게 얼마나 중요한 지 아마 모를 거예요. 땅콩밭을 망쳐놓는 바람에 연말에 제대하는 우리 오빠가 내년에 복학이 어렵게 되었다는 걸 알기나 해요? 한 사람의 인생을 이렇게 비틀어놓고 쉽게 용서해달라는 게 말이 되냐고요."

그녀의 논리 정연한 꾸짖음에 난 그저 할 말을 잃고 말았다. 더이상 구차한 요구를 하지 않기로 했다. 음료수병은 손도 대지 않은 채 그대로다. 비스킷도 열어만 놓았지 손도 대지 않았다. 상사가 손으로 허벅지를 찔벅했다. 더 이상 말이 통하지 않으니 가자는 신호였다. 결국 포기하고 일어섰다.

"아무튼 우리 요구는 한 발짝도 물러설 수 없으니까 그리 알아요. 만약 제대로 이행이 안 되면 그땐 사단본부로 곧장 갈 거니까요."

사과밭 주인은 대꾸도 하지 않고 입을 다문 반면, 아가씨는 초지일관 완강했다. 협상에 실낱같은 희망을 걸었지만, 난 어깨만 축 늘어뜨린 채 막사로 돌아왔다. 엄청난 돈만이 문제가 아니었다. 형사 처벌, 호적에 불명예스러운 기록이 올라간다는 것 자체가 문제였다.

밭 주인과의 협상에 실패하고 소대로 돌아온 뒤, 난 통로를 중심으로 양쪽으로 늘어선 침상과 관물대를 바라보았다. 각기 관물대 속에는 지금까지 살아온 각자의 사연들이 꿈틀거리고 있었다. 그는 관물대 위에 올려진 사진들을 유심히 살펴보기 시작했다. 대부분 부모님 사진이거나 여자 친구 또는 걸 그룹 사진이 대부분이다. 난 동생 주희의 사진을 멍하니 쳐다봤다. 사진 속 주희는 늘 웃고 있다. 침상에 올라가 페치카 옆에 기대앉았다. 가만히 눈을 감고 생각에 잠겼다. 이윽고 난 사물함에서 볼펜과 편지지를 꺼냈다. 바닥에 엎드려 한참을 웅크리고 뭔가 쓰기 시작했다. 고개를 쳐들고 한참을 망설였다. 몇 차례나 종이를 손으로 구겨 쓰레기통에 던졌다. 불과 몇 줄을 쓰는 동안 눈에서 눈물이 흐르기 시작했다. 첫머리는 '사랑하는 동생 주희에게'로 시작했다. 군데군데 눈물방울로 얼룩졌다. 또 한 통은 소대원들에게 보내는 편지였다. 다 쓴 편지를 접어

두툼한 책 중간쯤에 끼워 넣었다. 깊은 한숨이 절로 나왔다.

정신을 차린 뒤, 난 막사 뒤편 창고로 향했다. 뭔가를 찾아 구석에 감춰뒀다. 한참 만에 다시 내무반으로 들어와 침상에 앉으니 회한의 눈물이 쏟아지기 시작했다. 오후 일과가 끝났는지 소대원들이 들어오는 소리가 요란하다. 윤 상병이 내 눈치를 살피더니 분위기를 바꿔보려는 듯 한마디 했다.

"박 병장님, 오늘 저녁에 막걸리 한잔하시죠. 제가 사겠습니다."

"이 마당에 무슨 술인가? 영창 가서 별 달고 나오면 내가 뭘 할 수 있겠어?"

"아니, 똑똑하신 박 병장님께서 왜 그런 말씀을 하십니까? 인생을 포기하는 게 아니라 잠시 쉬어간다고 생각하십시오. 그리고 대대장님께서 엄포를 놓으셨지만, 영창은 가봐야 가는 것이지 왜 벌써 지레짐작하십니까? 그리고 재판도 받아봐야 알지 그렇게 쉽게 예단할 일은 아니라고 봅니다. 정상참작이라는 게 있지 않습니까?"

"아무튼 고맙네. 윤 상병. 내 법률 지식으로 이 정도면 특수절도죄에 해당하고, 최소 1년 이상 10년 이하의 징역을 받게 될 거야. 그리고 나오더라도 또 잔여기간 복무를 마쳐야 하고. 고시 보려면 최소 5년은 또 지나야겠지."

"아니, 그 정도는 참선한다, 생각하셔야죠. 그걸 못 기다리겠다는 겁니까?"

"아니네, 5년이 지나도 파렴치 잡범을 공직에서 받아줄 것 같은가? 이것도 문제지만 난 또 따른 문제에 엮여 있네."

"여동생 말입니까?"

"그렇네. 바로 동생 문제네. 그간 날 위해 희생해온 여동생의 미래가 망가지게 되었네."

"그래도 인생엔 외길만이 있는 건 아니잖아요?"

윤 상병은 내 외곬 생각과 행동을 질책하고선 혹시라도 모를 엉뚱한 생각을 바꿔보려고 했다. 그는 날 붙들고 늘어졌다. 그는 내가 지금 수많은 사람들이 범하는 흔하디흔한 실수에서 잠시 주춤거리고 있을 뿐이라고 했다. 인생에 오점이 남을 수도 있고, 먼 길을 조금 돌아갈 수도 있다. 여동생도 이젠 저 스스로 갈 길을 찾아야 한다. 이것이 윤 상병의 요지였다.

"아무튼 고맙네. 윤 상병"

사실 그를 사지로 내몰고 있는 것은 비단 동생만의 문제는 아니었다. 그는 자존심에 대한 절망이 더욱 컸다. 그동안 정도만을 생각하며 군대 내의 적폐에 대해 수시로 목소리를 높여온 마당에 본인이 척결의 대상이 되다니 전신에 힘이 빠져나갔다. 무엇보다도 본인의 위선을 향해 쏟아질 뭇사람들의 조소와 비난의 화살을 도저히 감내할 수 없을 것만 같았다.

먼동이 트려나. 동편 하늘 산 능선을 따라 희끄무레한 붉은 기운이 아랫목 온기처럼 퍼지기 시작했다. 난 조용히 일어나 화장실 가는 척 막사 뒤편으로 돌아섰다. 동초의 손전등 불빛이 가까이서 비춘다. 일단 화장실로 들어갔다. 동초가 멀어지자 다시 창고의 문을 밀치고 안으로 들어갔다. 낮에 보아두었던 로프를 손에 둘둘 감았다. 이내 창고를 나와 취사반 쪽을 향해 움직였다. 다행히 취사반은 아침을 준비하느라 불이 환했다. 보초도 없다. 조금은 안심하고 취사반 쪽으로 돌아 울타리 쪽으로 무거운 걸음을 옮겼다. 며칠 전 서리를 나섰던 바로 그 길이다. 벌써 동이 트는 듯 동쪽 하늘은 더욱 붉게 번지고 있다. 내무반을 너무 오래 비워두면 금세 찾으러 나설지도 모른다. 정수는 급히 진지 방향으로 나아가다 방향을 틀어 소나무가 무성한 왼쪽 비탈로 접어들었다. 나무들의 윤곽이 더욱 뚜렷하다. 중턱쯤에서 몸통과 가지가 가장 튼실해 보이는 나무를 택해 로프를 걸었다. 그리고 머리가 들어갈 정도의 매듭을 만들었다. 일단 준비가 완료되자 난 자리에 앉아 머릿속을 정리하기 시작했다. 고시에 합격해서 어머님께 효도를 해드리려 했는데 결국 불효로 끝나 버리는 게 너무나 허망했다. 오빠라는 놈이 동생 인생의 걸림돌이 되고 말았으니…. 눈에서 눈물이 쏟아지기 시작했다. 순간 초임병 시절, 그리고 GOP에서 지뢰매설 작업 중 벌어졌던 여러 가지 사고들, 야간에 초소에서 화재로 혼비백산했던 순간들, 추억이 주마등처럼 지나갔다.

한참을 머뭇거리는 사이 저 아래 멀리 막사에 하나 둘 불이 들어오더니, 이내 웅성거리는 소리가 들렸다. 이윽고 발소리마저 더욱 요란해지기 시작했다. 아마도 내가 사라진 것을 눈치챈 것은 아닐까? 만약 내가 저 속에 머물러 있다면 어찌 될까? 아마도 모두가 찬란한 아침 해가 떠오르고 활기찬 하루를 맞이할 때, 난 포승줄에 묶이는 신세가 될지도 모른다. 다음엔 뭇사람들로부터 위선으로 가득 찬 이중인격자라는 조소와 온갖 비난을 받으면서 백차에 오를 것이다. 그리곤 기억에서 이내 잊힐 것이다. 사람들의 소리가 점점 가까워지고 있다. 아무래도 눈치를 챈 듯했다. 횃불 뭉치를 들고 우왕좌왕하는 모습들이 더욱 또렷해졌다. 날 수색하는 게 틀림없어 보였다. 이젠 실행에 옮겨야 할 순간이라고 생각했다. 난 로프를 매단 나뭇가지를 향해 한 발 두 발 기어오르기 시작했다.

귀
향

차
민

   설 연휴의 첫째 날, 중부 내륙고속도로의 교통 체증은 근 5년래 가장 극심하다고 한다. 코로나에 대한 우려가 잠잠해지면서 3년 만에 귀향길이 뚫린 탓이다. 물론 그 덕에 꽉 막힌 도로는 언뜻 보면 길다란 공영 주차장 같았다. 우리 승합차 앞뒤로는 리무진 버스 두 대가 추위를 녹일 만큼의 연기를 뿜고 있었다. 영하 온도에 김까지 서린 매연이 우리 창문 앞을 뒤덮었다. 버스 전용 차선은 막히지 않을 거라는 수현의 말을 믿은 것을 후회하고 있었다. 수현도 인내심이 극에 달했는지 창문을 내리고 담배를 뻑뻑 피고 있었다.

   "하, 형님 담배 좀 피겠십니더. 무슨 코앞이 휴게소인데, 하 시발 들어 가지를 못하노."

나는 말없이 조수석 쪽 창문을 열고 바깥으로 고개를 내밀었다. 나는 아들이 열 살 되던 해에 담배를 끊었다. 여전히 담배 연기는 달콤했지만, 매연이 코를 찔렀다.

"아니 그쪽이 먼저 끼어들었잖아요." 도로 한가운데에는 50대 아주머니와 어린 청년이 삿대질하며 싸우고 있었다. "저것들은 같은 대전 번호판 달고 싸우고 앉았네. 저거 6촌, 8촌일지도 모르는데" 담배를 입에 문 채로 수현이 킬킬댔다. 입에 뭘 물고 있어도 목소리는 참 크네. 나는 곧바로 창문을 올릴 수밖에 없었다.

"그나저나 형님 이래가지고 오늘 장사 하겠십니꺼." 자동차 2열까지 가득 찬 박스를 보며 수현이 말했다. "장사 하겠냐니? 니 저 사람들을 봐라. 다 돈이다 돈." 내가 웃으며 말했다.

"뭐 만질 수가 있어야 돈이지, 열 박스도 못 팔고 해 지겠십니더." 수현이 말하며 짜증스럽게 볼륨 다이얼을 돌렸다.

수현의 시끄러운 음악 취향이 맘에 들지 않았던 나는 항상 볼륨을 줄이곤 했다. 이번 노래도 역시나 욕이 나오는 거친 음악이었다. 여느 때와 다름없이 잔소리와 함께 다이얼을 돌리려는 찰나에 디스플레이에 적힌 노래 제목이 눈에 들어왔다. '그XX 아들같이'. 아들이라는 단어에 다이얼에서 손을 떼고는 다시 몸을 뒤로 젖혔다.

오늘 아침 7시, 정신없이 양말을 신으며 출근 준비를 하던 중에 아들놈에게서 전화가 왔다. 옆에서 자던 아내가 잠에서 깰까, 다급하게 핸드폰 버튼을 누르고 안방에서 나와 전화를 받았다.

"아버지, 오늘도 일 나가신다면서요?" 서울로 대학을 가더니 1년 사이 제법 서울말이 늘었다. 거실에서 대화할 때는 익숙한 아들이 통화만 하면 낯설게 느껴졌다.

"니 뭐꼬. 서울사람 다 됐네. 이 놈아, 니 대학 등록금을 생각하면 내가 자다 가도 벌떡 일어난다. 내가 명절이라고 맘 편히 누워 있을 수 있겠나? 니 와서 먹을 밥은 엄마가 다 해 놓을 테니까 걱정마라. 밥 굶을 일은 없다." 명절이라고 전화하는 낯선 모습이 기특해서 웃음이 새어 나왔다.

"에이 또 그렇게 말씀을 하시면… 연휴에는 좀 쉬시지 그래요. 그나저나 오늘 너무 막힌다고 하더라고요. 친구 차 타고 내일 일찍 내려갈 것 같습니다." 아들이 머뭇거리며 말했다.

"그래 잘 생각했다. 안 그래도 어제 뉴스에서 엄청시리 막힐거라고 난리더라. 엄마가 많이 걱정했다." 하루 늦게 온다는 말이 뭇내 섭섭했다.

"아 그리고 아버지, 혹시 홍삼 받으셨어요? 배송되는데 꽤 걸릴 거라 해서 일찍이 보냈는데." 나는 깜짝 놀라 대답했다. "니 정신이 있나 없나, 아버지 홍삼 장사하는데 그걸 왜 보내노. 아직 안 왔으니까 오면 니 갖다 무라." 홍삼이라는 말에 나는 순간 역정을 냈다.

"아까워서 한 번도 드신 적도 없다면서요. 그리고 아버지가 파시는 거만큼 그렇게 비싼 것도 아니에요. 이번에 알바 하는 곳 사장님이 보너스 얹어 주셔서 그 돈으로 샀습니다." 아들이 웃으며 말했다.

"야 그래도 돈 몇 만원은 할텐데, 니 생활비에나 보태 쓰지……"

누군가의 행복을 뺏고, 그리고 그 행복을 가족에게 나눠주는 일.

그게 내 일이다. 자식 보기 부끄럽지 않느냐고 나에게 일갈하는 사람들을 볼 때마다 지랄하고 있네, 침을 뱉는다. 떳떳한 가난만큼 쓰잘데기 없는 게 없다. 절대 무너지지 않을 건물이 영혼보다 훨씬 단단하다는 것을 지난 세월 동안 목격했다. 귀를 찌르는 이 노래의 가사처럼.

"이 노래는 나쁘지 않네." 눈을 감은 채로 내가 말했다. 그래도 볼륨은 줄여야겠다.

"형님도 이제 힙합을 아시네예. 가사 쥑이지예." 누런 이를 드러내며 수현이 웃었다.

충주휴게소에 들어오자마자 우리는 사람들의 시선이 잘 닿지 않는 구석진 자리부터 찾았다. 하지만 날이 날인만큼 여간 쉬운 일이 아니었다. 충주 휴게소 전체가 사람으로 빼곡하게 차 있었다. 화장실 대기줄은 핫도그 가게까지 이어져 있었다. 애초에 주차 공간도 부족해서 우린 휴게소 주차장을 세 바퀴째 빙빙 돌고 있었다.

"야 좀 비싸 보이는 차 보이면 그냥 옆에다가 대. 무조건 외제차." 내가 말했다. 현대 그랜저를 보고 흘깃하는 수현을 보고 재빨리 덧붙였다.

이왕 누군가의 행복을 뺏어야 한다면, 많이 가진 쪽을 뺏는 게 마음이 편했다.

때마침 벤츠S클래스가 우리 앞에서 주차를 시도하고 있었다. 그 옆자리는 비어 있었다. 탐색전을 미처 펼치기도 전에 수현은 쫓기듯 그 자리에 바로 주차를 했다. 수현의 장점은 말을 참 잘 듣는다는 것이고, 단점은 그걸 곧이곧대로 듣는다는 것이다.

"야이 새끼야 그렇게 티 나게 바로 옆에다 갖다 대면 우짜노? 점마보다 니가 먼저 주차하겠다."

"아니 형님이 보이면 바로 대라고……"

쉿. 다급하게 몸을 수현 쪽으로 뻗어서 열린 창문을 마저 닫았다. 그와 동시에 벤츠 운전석 문이 열렸고, 50대로 보이는 남성이 다급히 내렸다. 엉거주춤 팔을 뒤로 젖혀 점퍼에 손을 집어넣으면서 화장실 방향으로 뛰어갔다. 다행히 우리에게 신경 쓸 여력은 없어 보였다.

"저 아재 화장실 갔다 올 때 까지만 우리도 뭐 먹을까예? 줄 보이까네 한 세월 걸릴 것 같더만, 제가 사겠심니더."내 눈치를 살피던 수현이 뒤늦게 속삭이며 말했다. 생각해보니 아직 한끼도 제대로 먹지 않았다.

"니 혼자 먹고 온나." 나는 무어라도 팔아야 먹을 게 입에 들어올 것 같았다.

"저는 핫도그 하나만 묵고 올게예. 오는 길에 감자라도 하나 사 들고 오겠심니더." 수현이 웃으며 말했다.

"니 생각이 있나 없나? 밥값 받아야 하는데, 감자 쳐 먹고 있으면 우짜노. 입이나 잘 닦고 온나." 참다 못한 내가 찡그리면서 대답했다.

"아... 그렇네예. 카면 금방 갔다올게예." 수현은 멋쩍은 듯 미소짓고는 빠른 걸음으로 핫도그 가게로 갔다.

나는 차 안에서 화장실 대기줄을 기다리는 벤츠 아재를 유심히 지켜봤다. 짙고 긴 눈썹에 축 처진 작은 눈. 넙적한 코와 그에 대비되는 시원한 하관. 멀끔히 면도한 하관만큼은 이병헌이 떠오를 만큼 잘생겼었다. 볼록 나온 배는 정장 벨트에 올라타서 간신히 버티고 있었다. 아재는 대기줄에서 기다리는 내내 여유로운 미소를 지으며 기다리는 사람들과 스스럼없이 대화를 했다. 저 여유는 그가 가진 돈에서 나오는 걸까, 아님 그저 넉살 좋은 성격 탓일까? 쓸데없는 생각에 잠시 한눈을 판 사이, 정신을 차렸을 땐 그가 기다리다 말고 차로 돌아오고 있었다. 나는 급히 옷을 챙겨 입고 조수석 문을 열고 나섰다.

"저기, 사장님" 아재가 차에 타려는 찰나에 재빨리 말을 걸었다.

"예? 무슨 일이시죠?" 어리숙한 표정으로 나를 보며 말했다. 가까이서 보니 훨씬 수더분해 보였다. 자신감을 얻었다.

"혹시 홍삼 좋아하십니꺼?" 난처한 표정으로 내가 말했다.

"아 예. 좋아하긴 합니다만, 지금 얼른 가봐야 해서요. 뭐 때문에 그러시죠?"

"아 예 제가 사장님한테 영업 할라고 그러는 건 아니고예, 아 진짜 쪽팔리네예. 제가 저기 경상도 쪽에 홍삼 유통하는 업자입니다. 뭐 따지고 보면 도매상이랑 비슷하긴 한데, 포천에서 물건 싸게 받아가 경상 일대 대형 마트에다가 갖다 주면서 돈 받십니더. 근데 이번에 대구에 계약 맺은 곳이 신규 업체였거든예. 거기서 물건 보더니만, 이런 저런 핑계 대면서 못 받겠다 하는거 아입니까. 계약을 일방적으로 파기한긴데, 사장님은 아실지 모르겠지만 저 같은 사람은 힘이 없십니더. 어제 하루 종일 따지다 안돼서 거기서 술 퍼먹고 오늘 돌아가는 길 입니다. 근데 진짜 돈이 없어가 그러는데

예, 홍삼 포 좀 드릴라니까 밥값 좀 챙겨 주실 수 있으십니꺼." 벤츠 아재는 나의 구구절절한 사연을 탄식을 뱉으며 들어주고 있었다.

"아이고, 저도 장사하는 입장에서 참 안타깝네요. 도의라는 게 있는데, 그쵸?" 아재가 안쓰러운 표정으로 한숨 쉬며 말했다.

"아 사장님도 장사 하십니꺼? 인상도 좋으셔서 무슨 일 하시나 궁금했는데, 이야 차도 벤츠에다가 장사로 제대로 땡기셨나 봅니더. 무슨 장사 하시는데예." 나는 그를 한껏 치켜세우며 말했다.

"아니 뭐 그냥 서울에서 작은 고기 집으로 시작했던 게, 최근에 5호점까지 내면서 커졌어요." 특유의 여유로운 미소를 지으며 대답했다. 그렇게 시작한 장사 이야기는 고향이야기까지 이어져갔다.

아재가 늘어진 이야기에 지루해진 듯 차츰 시계를 쳐다보자, 나는 바로 본론으로 들어갔다.

"아 사장님, 카면 홍삼 좀 싸게 가져가실랍니까? 이거 뭐 이미 마트 스티커 다 붙여가 진안으로 갖고 가도 돈도 제대로 못 받을 끼고, 이것도 인연인데 사장님한테 싸게 파는 게 저도 기분이 나을 거 같십니더." 고민하는 표정을 짓는 아재를 끌고 차 뒤로 데려가서 트렁크를 열었다.

"이게 한박스에 10~20 하는 게 아입니다. 검색해보시면, 잠만 기다려 보이소. 최소 40~50은 하는 겁니더. 함 보이소." 초록창에 검색한 결과창을 아재에게 보여줬다. 물론 정교하게 합성된 이미지 파일이었다. 아재의 놀란 표정을 확인하고는 재빨리 핸드폰을 다시 가슴팍으로 가져와서는 영업을 이어갔다.

"요 안에 보시면 진짜 파는 상품입니더. QR코든가 뭔가도 찍혀 있고. 이게 제일 비싼 거거든예." 박스를 열어서 포장된 홍삼 포들을 보여줬다. 모양은 그럴싸하지만 한박스에 5만원도 주기 아까운 홍삼 즙, 아니 홍삼 주스였다.

"한박스에 딱 15에 드릴게예." 주변을 살피며 목소리를 낮춰 말했다. "허허 참 사장님, 그러면 한 다섯박스만 주시죠. 이 참에 고향 가서 나눠드리려고요. 아니다 사장님 도와드려야지. 열 박스 주세요. 그럼 150 보내 드리면 되나요?" 아재는 한껏 미소를 지으며 말했다.

"아이고, 참말로 감사합니다. 진짜 이거 다 애물단지 되는 줄 알았다 아입니까. 감사합니다 사장님. 돈은 여기 명함에 적힌 곳으로 보내주시면 됩니더. 그리고 다음에 또 홍삼 필요하시면 연락 주이소." 나는 미리 만들어 둔 명함을 꺼내 아재에게 건넸다.

"하하, 제가 사실 홍삼에 환장하거든요. 다음 번에는 꼭 제값 주고 사겠습니다." 아재는 호탕하게 웃으며 트렁크 문을 열었다.

뒤늦게 우리를 발견한 수현이 달려와서 짐을 같이 옮겼다. "야 인사해라, 사장님이 진짜 우리 살려주셨다." 어리둥절한 표정의 수현을 채근했다.

"정말 감사합니다 사장님. 사장님 아니었으면 설연휴 동안 요 박스 끌어안고 진짜 쫄딱 굶을 뻔 했십니더." 수현이 넙죽 허리를 숙이며 말했다.

"저도 좋은 물건 싸게 사고 좋죠. 아무쪼록 마음 잘 추스르시 길

바랍니다. 전 갈 길이 바빠서 이만 가볼게요." 아재가 차 문을 열고 미소 지으며 말했다. "조심히 들어가이소 사장님."

수현과 나는 말없이 웃으며 트렁크 문을 닫고, 벤츠가 휴게소를 떠날 때까지 지켜봤다. 그리고 우리는 다음 휴게소로 이동했다.

우리는 중부내륙고속도로를 따라 괴산, 문경, 선산 휴게소를 차례로 들렸다. 한 곳에서 장사하면 결국 뒤가 잡히기 때문에 작업의 성공과 관계없이 바로 다음 장소로 이동했다. 타겟은 주로 홀로 이동하는 외제차 운전자들이었다. 상황에 대해 제대로 파악할 새도 없이 둘이서 한 명을 몰아세우고 지갑을 꺼내게 만들어야 했다. 바로 그 부분에서 문제가 생겼다. 설 연휴인만큼 어느 휴게소를 들려도 인산인해를 이루었지만, 그만큼 가족 단위의 이동이 많았다. 가족 단위까지 아니더라도 부부, 형제, 자매처럼 보이는 이들이 함께 있었다. 우연히 혼자인 사람을 찾아도, 방어적인 사람들이 태반이었고, 벤츠 아재 같은 호구 찾기는 더 어려웠다. 간신히 팔아도 한두 박스 파는 게 전부였다. 그 사이 해는 이미 선산 휴게소 간판 너머로 넘어가고 있었고, 담배 연기인지 입김인지 헷갈릴 정도로 날씨는 쌀쌀 해졌다. 아침부터 찬란했던 오늘이 용두사미로 끝나는 듯 보였다.

"에이 시발. 형님 우리 빼고 다 가족입니다. 이거 결혼 안한사람 서러워가 살겠나." 건너편 흡연구역에서 두남자가 담배를 피고 있는 모습을 보며 수현이 말했다. 꼭 닮은 것이 누가 봐도 부자지간처럼 보였다.

"임마, 니는 가족끼리 있는 맛이라도 모르지. 있는 놈이 더 서럽다." 문득 아들이랑 같이 웃으며 담배피는 맛은 어떨까 궁금해졌다.

"근데 남이 보면 우리도 아버지랑 아들입니다. 그걸로 위로하이소."

들을 때마다 놀라지만 수현과 나는 25살 차이었다. 나는 올해 쉰 하나, 수현은 스물 여섯이었다. 의성 시골 출신인 수현은 여섯 살 때 부모로부터 버림받았다. 마늘 재배에 재능이 있으셨던 수현의 아버지는 동네에서 꽤나 큰 손으로 유명했다. 그랬던 아버지가 도박에 빠진 뒤부터 마늘 밭이 한 마지기씩 팔려 나갔다. 결국 1년 사이 모든 걸 잃은 부모님에게 수현은 감당할 수 없는 짐이 되었다. 수현은 부모님의 모습이 기억이 잘 나지 않는다고 했다.

"근데 형님, 참 웃긴 게 뭔지 아십니꺼. 저는 집안 말아먹은 아부지보다 어무이가 더 밉습니다. 결국 도망갈 때 아부지를 택한 거 아입니꺼. 어린 나이에 그게 참 슬프더라꼬예."

버려진 수현을 자식이 없던 이장님이 거둬 자식처럼 기르셨고, 수현은 성인이 되자마자 서울로 상경해 옷 장사, 택배, 물류 기사 어떤 일이든 닥치는 대로 했다. 수현은 항상 같은 다짐을 하면서 이야기를 끝냈다.

"아부지가 도박에 안 빠지고 계속 열심히 돈 벌고 살았으면은, 저도 저런 차 몰고 다녔을 거 아입니까. 전 그래서 돈을 많이 벌어야 합니다. 제가 계산을 해봤거든예, 딱 50억만 있으면 내 자식 놈까지 세상 사는 데 문제없을 것 같아예," 그 말에 나는 아무 대답도 없이 웃었다. 꽤 많은 나이 차이에도 수현이 아들처럼 느껴지지 않는 이유는, 어린 날의 내 모습과 너무 닮아 있었기 때문이다. 그

모습이 안쓰러웠지만 어떠한 조언도 해주지 못했다. 25년의 시간 동안 나는 변한 게 없었다. 결혼을 하고, 자식을 낳고 더 치열하게 살아왔을 뿐이었다.

"근데 형님, 우리 옆에 차, 혼자 온 거 같던데예? 요기 마지막으로 팔고 대구로 갑시더." 수현이 우리 뒤쪽에 주차된 BMW 고급 승용 차량을 쳐다보며 말했다. "그래, 그러자." 내가 대답했다.

5분쯤 지나 차 주인처럼 보이는 남자가 걸어왔다.

"야 완전 애네 애." 끽해야 20대 후반처럼 보이는 남자였다. 180이 넘는 멀끔한 키에 몸에 딱 맞는 정장을 입은 단정한 모습이었다. 자신을 쳐다보던 우리를 보고 가볍게 목례를 하며 눈웃음 지었다. 나도 모르게 흐뭇하게 바라보며 '부모 잘 만나 저렇게 이쁘게 자랐을까.'하는 생각을 했다.

"요즘 젊은 애들 얼마나 똑똑한데, 쟤는 그냥 건너 뛰자." 내가 작은 소리로 속삭였다.

"아 형님 또, 맨날 젊은 애만 보면 그러더라니까. 내가 가서 할게예. 여기 계이소." 말리기도 전에 수현은 이미 청년에게 다가가서 말을 걸었다.

"그 죄송한데 혹시 홍삼 좋아하십니꺼?" 수현이 어리숙한 말투로 물었다.

"아 어쩌죠, 홍삼 별로 안 좋아합니다. 죄송합니다." 놀란 청년이 대답하고는 빠르게 차에 타려고 했다. 수현의 얼굴과 목소리는 누구라도 도망치게끔 만드는 재주가 있었다. 내가 한숨을 쉬고 다가가서 말했다.

"저희가 홍삼 장사하는 사람은 아니고예. 포천에서 홍삼 사가지고 전국 각지에다가 내다 파는 도매상입니더…" 나는 오늘 정한 대본대로 줄줄이 읊었고, 청년의 표정은 점점 난처 해져 갔다.

"네 사장님 사정이 딱한 건 알겠는데요, 제가 지금 신용카드만 있고, 현금이 별로 없어서요. 계좌 이체를 해드리고 싶은데, 지금 30분째 제 카드 인터넷 뱅킹이 막혀서 저도 중요한 송금을 못하고 있습니다." 청년은 진심으로 우리를 딱하게 여기는 표정으로 설명했다. 그 표정에 나는 더 이상 말을 잇는 게 힘들었다.

"카면 저희 밥이라도 묵게 밥값만 좀 챙겨 주시면 안되겠십니꺼. 몇 만원이라도 좋십니더. 이 홍삼 아까 보셨지예. 비싼 건 한 박스에 40~50도 하는 겁니더. 한 박스 그냥 드릴테니까예" 망설이던 내 옆에서 수현이 거들었다.

"하 참, 그러면 잠시만 기다려주세요." 말을 마친 청년이 차 뒷좌석에 놓인 가방을 뒤지더니, 5만원짜리 한 장을 꺼냈다.

"제가 진짜 이 5만원이 다예요. 이 비싼 걸 이 값에 사기는 제 마음도 좀 그런데요" 청년이 돈을 망설이며 건넸다.

"아…" 너무 적은 돈에 수현은 적잖이 당황한 듯 보였다.

"하 참 사장님도 난처하지예. 진짜 쉰 하나 먹고 뭐하는 건가 싶네예. 고향 내려가는 길이십니꺼." 이왕지사, 나는 좀 더 청년을 구슬려 보기로 마음먹었다.

"네 고향이 대구라서요, 서울에서 내려가는 길입니다." 청년이 조금 풀린 표정으로 웃으며 말했다.

"이거 참 우연도 기가 맥히네. 저희도 고향이 대구라예. 사장님은 근데 사투리 하나도 안 쓰시네예."

"아 제가 운영 하는 사업체가 서울에 있어서요. 같이 일하는 사람들이 미팅할 때 사투리 쓰지 말라고 자꾸 면박을 주네요. 표준어 쓰려고 고생 많이 했습니다." 청년이 웃으며 대답했다.

"어린 나이에 벌써 사업을 하시고 대단하네예." 나의 목소리에 진심 어린 감탄이 묻어나왔다.

"아 제가 한 건 아니고, 아버지 사업 물려받은 겁니다." 예상대로 귀하게 자란 청년이었다.

"혹시, 고등학교는 어디 나오셨습니꺼? 저 대구 경신 나왔는데 경신 아십니꺼" 아들이 나온 고등학교 이름을 대며 넌지시 떠봤다.

"어? 저 경신고 졸업생이에요." 외마디 소리치며 청년이 대답했다.

"야 참말로 미치겠네 이거. 경신고라고예? 넥타이 색깔 무슨 색이었습니꺼. 전 회색이었습니더." 아닌 게 아니라 경신고는 학번별로 교복 넥타이 색깔이 달랐다. 자주색, 회색, 검은색을 돌아가면서 쓰는 방식이었다. 아들이랑 같이 입학 전에 교복을 사러 갔던 날을 기억했다. 생각해보면 그 때 말고 넥타이를 맨 모습을 거의 보지 못했다. 등교하기 전에 내가 먼저 집을 나섰기 때문이었다.

"전 자주색이었어요. 반갑습니다, 선배님. 12년도 졸업생 박현우입니다." 청년에게는 이제 긴장감이 느껴지지 않았다. 완전히 우리에게 경계심을 푼 듯했다.

"하 진짜 까마득한 후배 앞에서 이게 뭐꼬." 나는 멋쩍은 웃음을 지었다. 빨개진 귀는 더 이상 추위 때문이 아니었다. 수현은 옆에서 어색한 웃음을 지으며 맞장구를 쳤다. "이것도 인연이네 인연"

"그래 이것도 인연인데, 5만원만 주이소. 한 박스 드릴게예. 부모님 갖다 드리면 좋아하실낍니더." 수현이 흠칫 놀란 표정으로 나를 쳐다봤다. "이걸 받아도 되나 싶네요. 감사합니다." 청년이 고개 숙여 인사했다.

홍삼 한 박스를 청년의 차에 옮겨 싣던 중에 아침에 받은 아들의 전화가 생각이 났다. 아버지가 파는 거만큼 비싼 건 아니라는 말. 청년이 언젠가 이 홍삼의 값어치를 알았을 때, 나를 어떻게 생각할까 두려웠다. 아들이 알아차리는 것만큼 두려웠다. 나는 말없이 승합차로 가서 두박스를 더 챙겨 왔다.

"어 형님." 수현이 말릴 새도 없이 세박스가 청년의 차에 실렸다. "어 사장님 한 박스만 주셔도 돼요." 수현과 청년 모두 난처한 표정이었다.

"후배 봐서 기분이 좋아서 그래." 수현을 보고 고개를 끄덕이며 안심시켰다. 수현은 나만 볼 수 있게 핸드폰을 가리켰다. 수현이 보낸 카톡이 와 있었다. '형 미쳤어요? 차라리 집에 형수님 드려요.' 트렁크에 남은 홍삼 박스들을 보며 그것도 좋은 방법이겠다 싶었다. 감사 인사를 하는 청년을 뒤로하고 우리는 카니발에 탔다.

"아니 형님, 아무리 아들이랑 같은 학교 나왔다 치덤서도 그 가격에 홀라당 넘겨버립니까. 저희 뭐 연휴 첫 날부터 봉사활동 합니꺼?" 흥분한 목소리로 수현이 나에게 따졌다.

"니도 아들 낳아봐라. 그게 쉬운가." 내가 한숨 쉬며 말했다.

"형님, 몇 번을 말해요. 나도 아들뻘이라니까? 내 입장도 생각 해야지." 내가 입을 떼려는 찰나에 누군가가 창문을 두드렸다. 아까 전 청년이었다.

"마침 인터넷 뱅킹이 뚫려서요. 아까 주신 명함에 적힌 계좌로 25만원 더 넣었습니다. 이 가격엔 정말 저도 불편해서 못 받습니다. 정확한 가격은 몰라서 한박스에 10만원 정도 계산했어요. 선배님 보니까 돌아가신 아버지 생각이 나서요. 가지고 가면 좋아하실 거 같아요."

청년의 말에 차마 입이 떨어지지 않았다. 고맙다고, 조심히 들어가라는 말 밖에 할 수 없었다.

우린 남은 홍삼 박스를 실은 채로 대구로 향했다. 도로 위엔 여전히 차들이 촘촘히 달리고 있었다. 나는 멍하니 앞서 가는 차들을 바라보았다. 어느 순간 차들의 후미등 불빛이 눈 앞에서 뿌옇게 번졌다. 빨갛게 번진 불빛은 내 볼을 타고 하염없이 흘러내렸다. 창밖으로 고개를 돌린 나를 보며 수현은 아무 말도 하지 않았다. 막히는 도로에 대한 불평도, 시끄러운 음악도 틀지 않았다.

30분쯤 지났을까? 내 눈치를 보던 수현이 실없는 한마디를 건넸다.

"그 놈도 보통은 아닌기라. 내가 분명히 한 박스에 40~50이라 캤거든. 말마따나 한박스에 50으로 계산해가 150 보내야 말이 맞지."

"그것도 글네. 우리가 당한 것 같기도 하고." 수현의 정곡을 찌르는 계산에 웃음이 나왔다.

"수현아, 우리 그냥 의성가서 마늘이나 캘래? 니 아버지 의성에서 한 따까리 하셨다매. 카면 니도 재능 있는 거 아니겠나."

"형님 잊으셨소. 내 목표는 50억이라니까."

"한국인 마늘 없으면 못사는데, 50억 못할 것도 없지. 한국에서
는 그래도 홍삼보다는 마늘 아이가. 집 가서 연휴동안 홍삼 액기스
먹으면서 진지하게 생각해봐라."

"홍삼 액기스는 무슨. 홍삼 주스지." 수현이 웃으며 대답했다.

그렇게 설 연휴의 첫째날이 저물고 있었다.